SU

Edo Popović
PRIRUČNIK ZA HODAČE

BIBLIOTEKA 21

IZDAJE
Naklada LJEVAK, d.o.o.

ZA IZDAVAČA
Petra Ljevak

UREDNICA
Nives Tomašević

EDO POPOVIĆ

PRIRUČNIK ZA HODAČE

FOTOGRAFIJE: Edo Popović

NAKLADA LJEVAK

Zagreb, lipanj 2009.

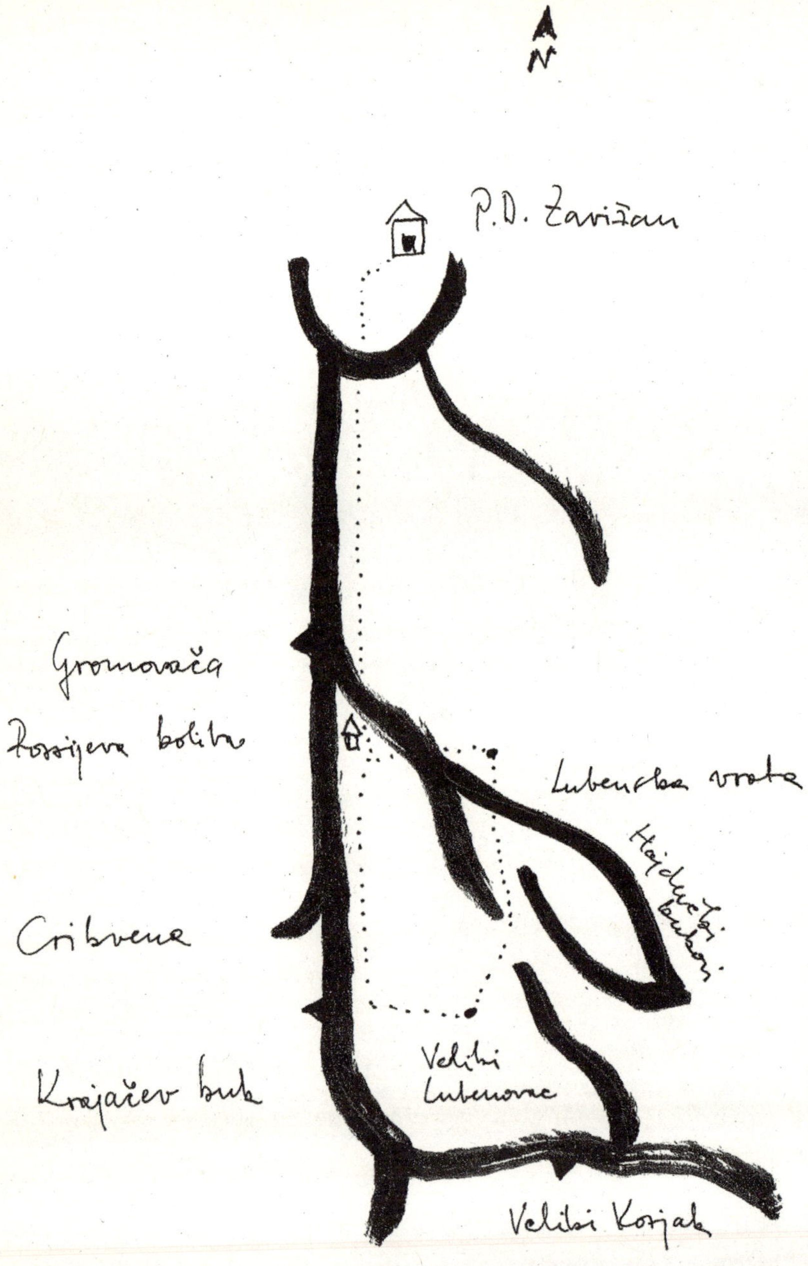
N
P.D. Zavižan
Gromovača
Rossijeva koliba
Lubenska vrata
Hajdučki kukovi
Crikvena
Veliki Lubenovac
Krajačev kuk
Veliki Kozjak

Materijal za ovu knjigu nastajao je na mjestima na kojima sam se zatjecao proteklih pedeset godina. U drvenom čamcu na poplavljenom Livanjskom polju dok smo u rano proljeće krali jaja divljim guskama, na maksimirskim jezerima na kojima smo se šezdesetih kupali i lovili bjelouške, u buci i dimu omladinskih klubova, diskoteka, barova i caféa, u ponoćnim tramvajima, u mirisu smrekovih šuma, u oblacima koje je maestral dizao na Velebit, u minijaturnim hotelskim sobama s crno-bijelim prenosivim televizorom vezanim lancem, na crnim egejskim oblucima, na noćnoj straži ispod ledenog mjeseca, u prašini slapova Krke i Zrmanje, u treperavoj svjetlosti podzemne željeznice, u oštrini aerosola bolničkih soba, na proljetnom vjetru s Irskog mora, u kolodvorskim čekaonicama, na gorskim livadama, u kafeima bescarinskih zona, na valovima klečice i bora krivulja, uvijek hodajući varavom granicom između mora i kopna, neba i zemlje, sna i jave, života i smrti. Nastaviti hodati, kako sam negdje pročitao ili čuo, jer smrt slijedi upravo jedan korak iza života.

Knjigu sam pisao u stanu u Zagrebu, u vili Cerrini u Grazu, te u kuhinji garsonijere mojih roditelja u Münsteru u Westfaliji. Imao sam dobre uvjete za rad, pa nemam nikakva opravdanja za njezine slabosti. Slabosti su sastavni dio ove knjige.

Svenu i Ljilji

Svi smo različiti, a ipak svi stižemo do cilja.
Ljuba Popović

Put vodi do svih mjesta kojima prolazi.
Alan Watts

Prvi korak

Nema tomu dugo, tri i pol, možda četiri milijuna godina, kako se u Laetoli u današnjoj Tanzaniji jedan stvor podigao na stražnje udove, i pogrbljen pošao na put. Nije znao kamo ide, niti što ga očekuje u budućnosti. Samo je hodao.

Živim bićima ritam su tada određivali Sunce i Mjesec, pa je vjerojatno bio dan kad se Pogrbljeni uspravio i pošao. Noću nije bilo pametno bazati uokolo, noću su vani hodali veći i opasniji stvorovi. Zapravo, "vani" i "unutra" tada još nije postojalo. Pogrbljeni nije bio graditelj, nije znao odvojiti se od okoline zidovima, sklepati neku nadstrešnicu barem. Spavao je kojekuda, u grmlju, ispod kakve stijene, u nekom udubljenju prekrivenom lišćem. Nije, također, znao imenovati bića i stvari koje su ga okruživale, ali je znao razlikovati živo od neživog, jestivo od nejestivog. Mogao je na stotinjak metara nanjušiti nosoroga ili makairodonta, predosjetiti dolazak oluje. Drhtao je kad mu je bilo hladno. Znojio se kad mu je bilo vruće.

Život mu zapravo i nije bio loš. Kad je bio gladan, jeo je. Hranu je pronalazio u prirodi. Jeo je plodove biljaka i korijenje, puževe i kukce, hvatao je gmazove i manje glodavce, a ako je bilo sreće zapali bi ga ostaci gozbe velikih lovaca. Ostatak dana imao je za sebe – probavljao je, trijebio nametnike i češkao se. Kad bi mu se spavalo, spavao je. Kričao je, kad bi ga boljelo. Ili kad bi ga napale hijene, velika mačka. Poplave, groma i vulkana plašio se kao samih vragova, nije imao ni najmanjeg pojma kako da izađe na kraj s njima. Ni sa svojim strahom.

Milijun i pol godina poslije Pogrbljeni je i dalje hodao pogrbljeno, bio je i dalje dlakav, i dalje je kričao, i dalje se noću sklanjao u prirodne zaklone (izbjegavao je pećine, jer su pećine bile rezervirane za četveronožne lovce), ali nije baš posve potratio to vrijeme. U međuvremenu je naučio lupati kamenom o kamen, zahvaljujući čemu je zaslužio naziv čovjek. Vješti čovjek. Homo habilis.

Od Vještog do Uspravnog čovjeka prošlo je sljedećih četiristo tisuća godina. Toliko je, naime, bilo potrebno da mozak Vještoga okrupnja, da dosegne težinu od jednog kilograma. U taj kilogram stali su koplje, vatra, kožni ogrtač i pečenka... Uspravni je postao lovac. I dalje je bio dlakav, kričao je kad bi ga boljelo, i dalje je stanovao pod vedrim nebom i oblacima.

Trebalo je proteći još milijun i tristo tisuća godina da Uspravni postane Razumni, to jest da počne koristiti mozak za stvari složenije od lova. (Ni dan-danas, zanimljivo, ljudi ne koriste previše mozga teškog kilogram i pol da bi kroz optički nišan, iz sigurnosti čeke, naciljali divljač i povukli otponac. Mentalno, to ne zahtijeva ništa veći napor nego rukovanje kopljem s kamenom oštricom, no fizički je daleko lakše, a o smanjenom riziku da se i ne govori.) Razumni je razvio umijeće govora, naučio je šivati, sklanjati se u pećine, ali je i dalje kričao kad ga je bilo strah i kad ga je boljelo.

Sljedećih tristo tisuća godina Razumni je utrošio kako bi naučio sijati, ogrtati se vunom i pamukom, graditi skloništa, pisati, te koristiti snagu vode i vodene pare.

Tako je i danas.

Četiri milijuna godina nakon paleolitskog jutra u Laetoli, prvog desetljeća trećeg milenija poslije Krista, potomak Pogrbljenjog i dalje hoda Zemljom ne znajući kamo ide niti što ga čeka u budućnosti. Za razliku od svoga pretka, hranu više ne uzima iz prirode, besplatno, već je trampi za osam i više sati teškog rada dnevno. Najčešće posjeduje vlastito sklonište, za koje plaća najamninu, režije, otplaćuje kredite. Budi se rano ujutro, ali ritam mu ne određuju Sunce i Mjesec, već njegovi nadređeni. Nema vremena za probavljanje, trijebljenje nametnika i češkanje. I on, poput svog pretka, kriči, ali više ne samo kad ga boli i kad ga je strah već i kad je bijesan, ogorčen, frustriran, očajan, ponižen... Razvio je i usavršio toliko novih razloga za kričanje, Razumni, u posljednjih nekoliko tisuća godina, da vam mozak stane. I dalje drhti kad mu je hladno, znoji se kad mu je vruće, i dalje ga je strah. I tu je Razumni prešišao svog pretka: osim hijena, velikih mačaka, nosoroga, medvjeda, gromova, on se danas plaši budućnosti, otkaza, ovrhe, smrti...

Također, stekao je sposobnost predviđanja. Može sa stopostotnom sigurnošću predvidjeti da će i sutra i svaki sljedeći dan osjetiti glad. I da će vršiti nuždu. No nije naučio predvidjeti potres, erupciju vulkana, veliki val, niti iskoristiti snagu oluje, energiju groma.

Ali je zato naučio juriti. Živjeti sve brže i brže. Homo Celer.

Ubrzanje

Žurimo. I neprestano ubrzavamo. To je društveno poželjno ponašanje. Tko ne ubrzava, sumnjiv je. Neproduktivan. Parazit. Ubrzanje nije od jučer, ono traje petnaest milijardi godina. Evolucija je priča o ubrzanju – od Velikog praska i prvih jezgri vodika i helija, od prvih termonuklearnih eksplozija zvijezda koje su u svemir rigale nove elemente i prvih galaktika, sve do brzih bakterija, geparda, Kimmija Räikkönena i nadzvučnih putničkih aviona.

O kakvom je ubrzanju riječ možete se vrlo jednostavno uvjeriti – otiđite do videoteke i posudite dva filma iz serije o Jamesu Bondu, recimo *Dr. No* iz 1962. sa Seanom Conneryem u glavnoj ulozi, i *Casino Royale* iz 2006. s Danielom Craigom kao Agentom 007. I onda ih pogledajte. U *Casino Royaleu* Bondu se toliko žuri na kraj filma, da nema vremena u miru popiti svoj suhi martini. Shaken, not stirred. A scene se izmjenjuju tako brzo, i trepćući propustite toliko prizora, da na kraju uopće ne shvatite o čemu se tu radi.

Ukoliko se tu uopće i o čemu radi.

U prirodi, stvari se mijenjaju brže ili sporije, sva bića ima svoj ritam, ali nikome se posebno ne žuri. Priroda je opuštena. Kad ste vidjeli neku životinju u nervoznoj žurbi, u stresu? Bića prirode ritam gibanja ubrzavaju u iznimnim trenucima, kad love, i kad su u opasnosti. Ili kad pomahnitaju.

Čovjek je stalno u lovu, ili u opasnosti, ili u mahnitom stanju.

Život i potrebe zeca kojeg sam potkraj svibnja 2007. susreo u Lomskoj dulibi na Velebitu ne mijenjaju se još od vremena Pogrbljenog. Stajao je na okuci šumske ceste, udaljen kojih dvadeset metara, nimalo impresioniran zvukom automobila, ne pokazujući namjeru da pobjegne.

Otkud ti ovako rano na plaži, prijatelju? Zec je noćno biće, noću se hrani i traži društvo – stare kulture prikazuju ga kao tajanstvenog Mjesečeva druga, koji se pojavljuje i nestaje tih poput sjene, a i sam Mjesec se ponekad pretvara u zeca – i bit će da ga je neka ozbiljna nevolja jutros podigla s loga. On savršeno dobro zna kad treba ubrzati, kad opušteno skakutati, a kad odmarati; da ne zna, ne bi jutros bio ovdje. Sad je očito procijenio da nije u opasnosti, pa je mirovao, ali s ušima na oprezu.

Ugasio sam motor i izišao iz auta. Zec se nije ni pomakao. Čučao je tamo u svojem milijun godina starom krznu, s milijun godina starim navikama i potrebama. S druge strane stajao sam ja. Zahvaljujući jeziku, pismu, tisućljetnoj akumulaciji iskustava, znanja i informacija, i ostalim tričarijama, nisam bio u prastarom

Mjesec pretvoren u zeca na šumskoj cesti u Lomskoj dulibi, u milijun godina starom krznu, s milijun godina starim navikama i potrebama. S druge strane sam ja, ne u prastarom krznu, već u nekoliko godina staroj vjetrovci, pokrpanim trapericama i planinarskim cipelama, s digitalnim fotoaparatom od 10 megapixela u ruci, s potrebama i navikama koje se mijenjaju iz godine u godinu, i sve brže, kako vrijeme prolazi. I veliko je pitanje tko je od nas dvojice bolje prošao u dugom maršu zvanom evolucija.

krznu, već u nekoliko godina staroj vjetrovci, pokrpanim trapericama i planinarskim cipelama, s digitalnim fotoaparatom od 10 megapixela u ruci, s potrebama i navikama koje se mijenjaju iz godine u godinu, i sve brže, kako vrijeme prolazi. Gledajući nas ovako, nisam bio siguran tko je od nas dvojice bolje prošao u dugom maršu zvanom evolucija.

No, žurilo se onoj zvjerki, vjerojatno medvjedu, koja je bježeći od naših glasova kršila i lomila sve pred sobom u gustišu sjevernog Velebita, nedaleko od mjesta gdje se s Premužićeve staze grana odvojak na Gromovaču. Stajali smo tog kasnoljetnog jutra tamo kolega Gordan Nuhanović i ja, i slušali buku iz duboke, klekovinom bukve i bora obrasle ponikve ispod staze. Nismo vidjeli ništa, a nismo, iskreno, uopće gorjeli od želje da vidimo tko to dolje lomi, već smo hitrim koracima produžili na jug prema Velikom Alanu.

Ili ona ljubičica izrasla u pukotini stijene u Čepurašima. Stijena stara šezdeset milijuna godina, i biljka stara mjesec dana. Stijena kojoj su bili potrebni deseci milijuna godina da se izdigne na visinu od nekih 1500 metara iznad mora, i koja još uvijek napreduje uvis, i biljka koja svoj ciklus završi u nekoliko mjeseci. Kažu da tamo gdje se susreću vječno i prolazno nailazimo na skriveni smisao života. Imamo li, međutim, vremena zastati pokraj takvih prizora i razmisliti o onome što vidimo?

U stanju smo stalne užurbane zabrinutosti. Situacija je potpuno idiotska – što je tehnologija savršenija, to više radimo, obave-

Tamo gdje se susreću vječno i prolazno nailazimo
na skriveni smisao života. (Čepuraši na sjevernom Velebitu)

ze se množe, rokovi skraćuju. A mi smo sve luđi i izbezumljeniji. Žureći, prolazimo jedni pokraj drugih, razmjenjujemo grimase i rastrgane fraze, i odlazimo ne obazirući se. Prilike za susret, za miran razgovor ili za zajedničku kavu koje smo propustili, više se neće ponoviti. Sutrašnji dan nije repriza današnjeg dana.

Koliko puta vam je neki prijatelj kazao da ne može s vama na izlet, ili na piće, ili u kino, jer nema vremena. Nemati vremena! Tko to upravlja našim vremenom? Zen-učitelj Kodo Sawaki u jednom govoru lakonski je zaključio: „Kad kažeš da nemaš vremena, to znači da si se dopustio porobiti od nečega izvanjskog".

Uglavnom, ponašamo se poput hrčaka u bubnju. Trčimo dok imamo snage, onda se samo ugasimo. Vječna želja da budemo negdje drugdje i radimo nešto drugo, i da to postignemo što brže, tjera nas da neprestano iskačemo iz vlastite kože. Kako su naše mogućnosti ograničene, a želja jaka, potrebne su proteze.

Dogodi li se tako i da sjednemo na kavu s prijateljima, druženje se vrlo brzo pretvori u razgovor s onima kojih nema za stolom. Mi koji smo ovdje jedva primjećujemo jedni druge, teško se usredotočujemo na ono što drugi pričaju. Glavnu riječ tu vode mobiteli. Sviraju one odurne sintetske melodije, pište, zveče, sikću, vibriraju i bljeskaju, a mi razgovaramo i razmjenjujemo poruke – s odsutnima. S ovima za stolom razgovarat ćemo kad se raziđemo, mobitelom.

Ili automobil. Teoretski, zamišljen je kao sredstvo pomoću kojeg ćemo postizati brzinu veću od brzine pješaka, te brže i jednostavnije svladavati udaljenosti između dvaju ili više točaka u prostoru, dakle kao sredstvo koje će nam olakšavati život. U praksi stvar ne izgleda tako.

Prije svega, na cesti se uopće ne ponašamo kao da sudjelujemo u običnom prometu, kao da se samo vozimo od točke A do točke B, već kao da sudjelujemo u trci o kojoj nam ovisi život, a svi ostali nam stoje na putu. Ne vozimo se iza ili pokraj drugih, već se natječemo s njima, pokušavamo ih izgurati s ceste; ne želimo ih preteći, već proći kroz njih, pregaziti ih, poništiti. Ako imamo automobil veći, skuplji i brži, smatramo da istodobno imamo i više prava na cesti, i u životu uopće. A veliko je pitanje kako nam može olakšati život nešto zbog čega smo zapali u dužnički odnos, do grla u kreditima?

Štoviše, ta stvar od željeza, stakla, lima, plastike, gume i platna pretvorila nas je u robove. Čistimo je, peremo, natačemo, njegujemo, strahujemo zbog nje, vozimo je u servis, osiguravamo joj posebnu prostoriju... Činimo li to isto za sebe? Odlazimo li redovito na sistematske preglede? Uzimamo li dovoljno vitamina i minerala? Imamo li zasebnu prostoriju u kojoj ćemo spavati, odmarati se, čitati, razmišljati?

Ne žurimo, međutim, samo kad radimo. Žurimo i kad se odmaramo. Jedne godine susreo sam na Velebitu dvije gospođe iz Slovenije, planinarke koje su se popele na mnogo europskih vrhova. Prespavale su u domu dvije noći. Ujutro bi se digle rano, kako i priliči, doručkovale, spremile ruksake i dale se na pješačenje. Vratile bi se predvečer, umorne i zadovoljne. Za večerom su pripovijedale gdje su sve bile taj dan, i pregledavale u knjižici žigove vrhova na koje su se popele. Sudeći prema njihovim dnevnim rutama bile su u odličnoj kondiciji – ono što su one obišle u jednom danu meni je uzimalo dva ili tri dana. Gledajući ih onako napete, sve u brzini, pitao sam se jesu li putem stigle išta vidjeti, i jesu li u sjećanje pohranile ikakav prizor. I tako su se jedno jutro spakirale, sjele u auto i otprašile u potrazi za novim vrhovima. U knjižicama su, neka bude spomenuto, ponijele žigove svih sjevernovelebitskih vrhova.

No, stvar nije potpuno beznadna. Čim shvatimo nekoliko jednostavnih stvari – na primjer da izgledamo glupo dok hodamo ulicom i pričamo naglas i smijemo se i plačemo u plastičnu stvarčicu dimenzija 105x45x12 mm, ili da ono što je doista važno nije automobil, već mjesto na koje ćemo se odvesti – već smo na konju.

Odatle do hodača samo je jedan korak.

Parceliranje svijeta

Crtati kružnicu na podu i graditi zatvor, ista je stvar.
Hsu-t'ang

A mi, mi koji imamo toliko prostora,
a tako malo vremena, mi ćemo biti nomadi.
Annie Le Brun

Give me that horizon!
Captain Jack Sparrow

Beskrajni prostor.
Prostor koji povezuje i spaja sve što se u njemu nalazi.
Sve živo i neživo.
Koji omogućuje da se slobodno krećemo i otkrivamo.

To što su milijuni već hodali Patagonijom, prelazili Saharu, ili putovali u Kinu, kakve to veze ima sa mnom? I što ako su se toliki prije mene popeli na Veliki Zavižan, Cincar ili Oštrc? I što su hodali među kukovima Bojinca, što su pili vodu iz Smiljanić bunara? Danica Vukušić, kćerka čovjeka Velebita Dane Vukušića, svojedobno je lucidno primijetila da čovjek ne osvaja planinski vrh, već se susreće s njim. Ovdje, dakle, nije riječ o natjecanju, nego o otkrivanju. Svatko za sebe otkriva svijet, i svatko se za sebe susreće s njim.

Nitko neće reći da su mnogi prije nas čitali Celineov roman *Putovanje nakraj noći*, pa zašto bismo ga onda mi čitali. Ili da ne moramo kušati okus ličija, jer su toliki prije nas jeli njegove plodove. Viking Leif Ericson, prvi poznati Europljanin koji je hodao američ-

I što ako su se toliki prije mene popeli na

kim kopnom, Ameriku je otkrio samo za sebe. Kolumbo isto tako. Ne mogu drugi za nas otkrivati svijet. Moramo ga otkrivati sami. No, slobodnog prostora sve je manje, barem na Zemlji. Tokom tisuća godina sisavac golemog mozga (u kojem se vrlo često pojavljuju kojekakve bolesne i glupe zamisli) činio je sve da prostor počne **razdvajati** bića koja se u njemu nalaze: parcelirao ga je i ograđivao, pretvarao u obore u kojima ima mjesta samo za određenu vrstu ili grupu ljudi povezanih nekim interesom, ili apstraktnom idejom. I danas imamo ono što imamo – Zemlju, nebo i oceane isparcelirane na veće ili manje parcele, oko kojih se vječno spori, i vode krvavi ratovi.

Veliki Zavižan i Alančić na sjevernom Velebitu?

Već i sama ideja tog sisavca prema kojoj je on, ne dio, već vlasnik Zemlje i svemira, te da ima pravo činiti s njima što mu se prohtije, poprilično je bolesna.

Isprva je prućem i blatom ograđivao prostor u kojem je stanovao, i nazvao to kolibom; zatim je prućem i trnjem ograđivao kolibe, pa i čitava sela; poslije je kamenim bedemima ograđivao gradove; remek-djelo rane budalaštine, do danas nenadmašeno, jest nekoliko tisuća kilometara dugačak zid u Kini. Kasnije je veći ili manji prostor – čija je veličina i namjena varirala od seoskih imanja, industrijskih postrojenja, kazzioničkih kompleksa i koncentracijskih logora, preko vojnih baza, velikih privatnih posjeda i autoputeva, sve do gradova i država – misleći sisavac ograđivao armiranobetonskim zidovima i bodljikavom žicom, kroz koju je znao puštati i struju.

Vrlo često te granice nisu vidljive; iscrtane su na komadima papira, dok su u prirodi samo na pojedinim točkama zamišljene linije postavljene table, rampe, bodljikava žica i bunkeri.

DRŽAVNA GRANICA! OGRANIČENO KRETANJE!
VOJNA BAZA!
PRIVATNI POSJED, ZABRANJEN PROLAZ!

Državne zastave, inače čin ekvavilentan životinjskom obilježavanju prostora mokraćom, zabijaju u podmorje, na ledenjake, ispod arktičkog leda, na Mjesec. Polaže se pravo i na zrak iznad isparceliranog i prisvojenog kopna i mora, te na Zemljinu koru ispod tog prostora, sa svim mineralima, plinom i naftom u njoj. Posljednjih desetljeća u modu se vraća kineski način: između pojedinih država niču visoki armiranobetonski zidovi dugački stotinama ki-

Prostor čija je veličina i namjena varirala od seoskih imanja, industrijskih postrojenja, kaznioničkih kompleksa i koncentracijskih logora, preko vojnih baza, velikih privatnih posjeda i autoputova, sve do gradova i država – misleći sisavac ograđivao je armiranobetonskim zidovima i bodljikavom žicom, kroz koju je znao puštati i struju. (Ostaci Berlinskog zida u Friedrichshainu)

Ne mogu drugi za nas otkrivati svijet. Moramo ga otkriti sami.
(Premužićeva staza u Čepurašima na sjevernom Velebitu)

lometara, opremljeni sofisticiranim elektronskim aparatima koji bilježe i prelazak leptira na drugu stranu.

A sve to, velim, u ime neke fiksne ideje.

Pokušate li danas, hodajući, kročiti na jednu tako ograđenu parcelu, vrlo lako možete dobiti po glavi, ili metak. Pa čak i kad ograda ne postoji u prirodi, ako je riječ o liniji povučenoj na listu papira, ili u nečijem mozgu, tim prije. Ako mislite da pretjerujem, što bi rekao Charles Bukowski, pokušajte ubrati cvijet iz vrta svojeg susjeda.

Ipak, unutar većih parcela, posebno onih koje nazivaju državama i pokrajinama, moguće je pronaći slobodan prostor za hodanje, dovoljno velik da možete hodati danima, pa i tjednima, a da ne naiđete na ogradu u prirodi, ili u nečijoj glavi. Mongolske stepe, pustinja Takla Makan, visoravan Altiplano, Tibetska visoravan, Velebit... Tamo gdje prestaju privatni posjedi, veli jedan moj prijatelj, počinje slobodni teritorij.

Premda se i na manjim parcelama, pa i na gotovo minijaturnima, nađe slobodnog prostora za hodanje; štoviše, tu su moguće vrlo uzbudljive ture. Recimo u muzeju Guggenheim u Bilbaou.

Muzeji i galerije inače su strašno naporna mjesta za hodanje, i općenito. Nigdje se ne iscrpim toliko koliko u takvim prostorima. Taj ustajali, potrošeni zrak, ta bolesna svjetlost, ta jednolična, glatka staza. A naročito me iscrpljuje količina izloženoga. Ne znam tko može proći neozlijeđen kroz lavinu izložaka muzeja i galerija. Tako me je jednom u madridskom Centro de Arte Reina

Sofía umalo dotukao Picasso. Zapravo sam htio vidjeti *Guernicu* koja je od 1992. u stalnom postavu tog muzeja, a naletio sam na gostujuću kolekciju pariškog Musée National Picasso, na tisuće Picassovih slika, skulptura, keramika, crteža, skica... I dok sam shvatio da nema ama baš nikakva smisla pokušati sve vidjeti, bilo je prekasno – već sam bio zatrpan, pregažen. Sve bi bilo u redu da je tamo bila izložena samo *Bikova glava*, ta duhovita skulptura od sjedala i upravljača bicikla, ili *Guernica*, ili bilo koje drugo djelo. To bi bio dojmljiv susret. Ovako, stvar je upropastila vječna ljudska potreba za gomilanjem; novca, hrane, odjeće, umjetnina, svega.

Zar ovdje nitko ne zna priču o ladoležima umjetnika čaja Sen no Rikyûa, mislio sam izlazeći iz muzeja. Onu kad je vojskovođa i državnik Toyotomi Hideyoshi čuo za prekrasne rascvale ladoleže u Rikyûovom vrtu i poželio ih vidjeti. Ali kad je sljedeći dan ušao u Rikyûov vrt, tamo nije bilo ni traga ladoležu. No ušavši u čajnu prostoriju, Hideyoshi je zastao kao ukopan: u niši čajne sobe, u vazi, stajao je jedan jedini usamljeni rascvjetali ladolež.

Svejedno, uopće ne žalim što sam taj dan ušao u Reina Sofíau; tamo sam dugo stajao pred jednim jedinim, usamljenim platnom Hermenegilda Anglada Camarase koje i danas nosim u sjećanju. Slika se zove *Retrato de Sonia de Klamery*.

Instalacija Richarda Serrae *The Matter of Time* u Guggenheimovu muzeju u Bilbaou, velim, nešto je posve drugo. Danima bih mogao hodati vijugavim stazama omeđenim zakrivljenim, četiri metra visokim i desecima metara dugačkim stijenkama od cortena – kroz zavrnute i dvostruko zavrnute spirale i elipse, kroz

Unutar većih parcela, posebno onih koje nazivaju državama i pokrajinama, moguće je pronaći slobodan prostor za hodanje, dovoljno velik da možete hodati danima, pa i tjednima, a da ne naiđete na ogradu u prirodi, ili u nečijoj glavi. (Jezera na sjevernom Velebitu, i Krug-planina iznad Livna s Cincarom u pozadini)

skulpture nazvane Zmija, Između torusa i sfere i Obrnuta slijepa točka. Ušavši u taj labirint, izgubio sam pojam o vremenu. Hodao sam dugo, potpuno miran i opušten, ne osjećajući umor. Čuo sam žamor posjetitelja, ali nisam ih mogao vidjeti. Unutra sam susretao druge; iskrsavali bi ispred mene, mimoilazili smo se, i dok bih se okrenuo za njima, više ih nije bilo, progutala ih je bila zakrivljenost. Bila su tu i neka djeca, prestizala su me u trku, a nakon što bi nestala u zakrivljenosti još sam neko vrijeme čuo odjek njihovih koraka i smijeha.

Isto kao s muzejima, nikako se ne mogu zbližiti ni s gradskim parkovima. Ima nečeg tužnog i beznadnog u tom komadiću prirode zatvorenom u geto. Nešto svojstveno zatočenim, dresiranim divljim životinjama, loše izvedenim lažnim zubima, kosi obojanoj u gavranski crno koja uokviruje borama ispresijecano lice starca. Hodajući parkovima nerijetko se osjećam kao nijemi promatrač nasilja. Tako bi i Hofgarten, unatoč kraljevskom imenu i prošlosti (ili baš zbog njih), što se mene tiče bio park poput tisuća drugih, da nije stihova iz *Puste zemlje* T. S. Eliota, zbog kojih, kad god me put nanese u München, odem tamo i prošetam njegovim stazama i kolonadom.

> Ljeto nas je iznenadilo, dolazeći preko Starnbergersee
> S pljuskom kiše; zastali smo u kolonadi,
> I produžili po suncu, u Hofgarten,
> I pili kavu, i razgovarali cijeli sat.
> Bin gar keine Russin, stamm' aus Litauen, echt deutsch.

Na kraju sjednem u staru kavanu na ulazu u Hofgarten, pijem kavu, gledam ljude, razmišljam o toj Njemici iz Litve koja uopće nije Ruskinja, o starnberškom jezeru i Ludwigu II, o Venerinoj spilji i križu u jezerskom plićaku, o madame Sosostris i njezinom opakom špilu karata, o utopljenom Feničkom mornaru i Gospi od stijena, i o raznim drugim podudarnostima.

Vrijeme

Vi biste mjerili vrijeme, koje je neizmjerno i neizmjerljivo.
Halil Džubran

Na svojem putu nisam vidio ništa,
ali sam udisao – vrijeme.
Ikkyû Sôjun

Radi se samo o jednom trenutku. O ovom trenutku u kojem ja ispisujem ovu rečenicu, a vi je čitate. Samo to imamo, samo to nam je dano. Ni prošlost, niti budućnost, već ovaj kratki trenutak sadašnjosti.

On je sve što imamo, i što možemo imati.

On je naša vječnost.

Seneka je smatrao da na ovom svijetu ništa nije vrjednije od našeg vremena. U raspravi *O kratkoći života* piše o tome kako ljudski vijek nije prekratak, na što se mnogi žale, već ga ljudi takvim čine trošeći vrijeme uzalud; a tek na samrti shvate da zapravo nisu ni živjeli. Stoga je smatrao vrhunskom glupošću žrtvovati sadašnjost zbog nekog cilja u budućnosti. „Ima li ičega luđeg od razmišljanja nekih – mislim na one koji se hvale svojom skrbi za budućnost. Oni su neprekidno u velikom poslu kako bi mogli bolje živjeti; provode život pripremajući se živjeti! Oni oblikuju svoj cilj s pogledom u daleku budućnost; ipak, odlaganje je najveće rasipanje života; ono ih lišava svakog dana koji dolazi, otima im sadašnjost u obećanju nečega poslije. Najveća je prepreka življenju očekivanje, nada u sutrašnjicu kojom tratimo sadašnjost. Odbacuješ ono što leži u rukama sudbine, ispuštaš ono što držiš u vlastitim".

Kodo Sawaki, iz drugog vremena i druge kulture, formulirao je to ovako: „Ako tvoj cilj leži u budućnost, onda je već kasno".

Samo je naša stvar kako ćemo koristiti vlastito vrijeme. Hoćemo li dopustiti da drugi raspolažu njime, pretvarajući nas, riječima Jacquesa Attalia, u programirane strojeve, ili ćemo strojeve iskoristiti da stvorimo osobno vrijeme, prema kojemu ćemo onda uskladiti ritam svojeg života; hoćemo li, dakle, slobodno raspolagati vlastitim vremenom, ili ćemo ga ustupiti nekom drugom. Kako stvari trenutno stoje, izgubili smo važnu bitku: dali smo vlastito vrijeme na raspolaganje drugima, ostavivši vrlo malo za sebe; dopustili smo da nam obaveze, a ne stvarne potrebe, određuju ritam.

U prirodi ne postoje godine, mjeseci, sati, desetinke ili tisućinke sekunde. Crv, javor, ris, vodenjak, svi oni slabo haju za otkucaje sata; ravnaju se prema Suncu. Čovjek je definirao vrijeme, raskomadao ga i isjeckao, proizveo strojeve za njegovo mjerenje – i onda postao rob vlastitih pojmova i alata. Sat nije izmišljen zato da bismo znali kad smo gladni, umorni, bolesni, sretni, ili da ne zakasnimo na sastanak s prijateljima. Izmišljen je zato da ne zakasnimo na posao, da nam se odredi norma, izmjeri učinak. Da se točno u sekundu nacrtamo na pokretnoj traci, pokraj stroja, za radnim stolom, na šalteru, za volanom, na gradilištu, ili gdje već, i da onda izvršavamo naređenja. Život nam se svodi na koprcanje u gustoj mreži sati, minuta i sekundi, koja nas žulja i guši, a na kraju nas ubije.

Kad se ujutro probudimo, imamo li vremena za petominutno protezanje u krevetu, za zijevanje i češanje, za osluškivanje zvukova, za gledanje kroz prozor i pogađanje kakvo nas vrijeme očekuje toga dana?

Ili odmah ustajemo, nakon čega slijedi niz brzih, automatskih radnji:

- obuvanje papuča
- odlazak u kuhinju
- pristavljanje vode za čaj/kavu
- odlazak na vece
- odlazak u kupaonicu
- tuširanje
- umivanje
- pranje zubi
- pripravljenje čaja/kave
- oblačenje

- rezanje kruha
- mazanje maslaca/džema/meda po kruhu
- trpanje hrane u usta
- gutanje nesažvakane hrane
- ispijanje čaja/kave
- izuvanje papuča
- obuvanje cipela
- izlazak iz stana

Pritom cijelo vrijeme grozničavo razmišljamo o poslovima koji nas čekaju, o obavezama, sastancima, terminima. Tako se olako odričemo sadašnjosti. Ne vidimo kakva je svjetlost vani, ne čujemo šum vode dok punimo čajnik, ne osjećamo okus raženog kruha i meda u ustima, ne znamo se prepustiti mirisu čaja... Ukratko, ne znamo udisati vrijeme. A koliko tek nesvjesnih, automatskih pokreta napravimo u poslu kojim se bavimo?

Često se čuje opravdanje da čovjek ne može poslati sve dođavola jer mora misliti na obitelj, mora othraniti i odškolovati djecu, plaćati stanarinu i režije... Ukratko, kaže se, nemamo izbora. Glupost! Uvijek smo imali, i uvijek imamo mogućnost izbora. Ono što nam ponekad uzmanjka jesu hrabrost i spremnost na rizik. Prerijetko uključujemo mozak, nedovoljno se oslanjamo na vlastite procjene, nerado preispitujemo vlastiti život, kao što nerado mijenjamo smjer kojim idemo, a gotovo nam je nezamislivo s vremena na vrijeme skočiti u prazno. Mnogo je lakše prepustiti drugima da razmišljaju i odlučuju umjesto nas, i čekati otkaz, unapređenje, mirovinu, smrt, sasvim svejedno.

Zato svijetom upravlja šačica ljudi.

Ostali, njih šest-sedam milijardi, rade što im se kaže.

Lista suvišnih stvari

Mala je razlika veže li vas imanje ili okružni zatvor.
Henry David Thoreau

Sanjali smo o tome kako ćemo mijenjati sebe i svijet,
o znanju i obrazovanju, a pali smo na jednim Levisicama.
Ljiljana Đorđević

Ništa od onoga što nam drugi mogu oduzeti ili ukrasti nije doista naše. Novčanik koji mi je davno ukraden u restoranu Zagorec u Frankopanskoj ulici – nije bio moj. Automobil kojeg su mi početkom devedesetih ukrali ispred zgrade – također nije bio moj. Knjige i gramofonske ploče koje su toliki posudili od mene i nisu ih vratili – isto nisu bile moje. Kompjutor na kojem ovo pišem, šalica iz koje u ovom trenutku pijem čaj, plejer u kojem se vrti Žičani kvartet No. 2 u D duru Aleksandra Borodina, prastaro pojačalo i zvučnici – ništa od toga nije moje. Prsti kojima tipkam, oči kojima gledam – ni oni nisu moji. Mogu mi ih odrezati i iskopati već u sljedećem ratu.

Misli, one su moje.

Svejedno, čitav život posvećujemo gomilanju stvari. Tolike cipele, čizme, kaputi, jakne, hlače, košulje, majice, puloveri, električni aparati, lonci, knjige, CD-i, tanjuri, šalice, čaše i kakvu sve kramu nismo navukli u stanove, što će nam sve to? Imamo li uopće praznog prostora u sobama, možemo li se unutra ispružiti koliko smo dugi i široki, možemo li plesati, skakati, možemo li disati?

Istočne kulture znale su cijeniti prazninu, i to ne samo u filozofskom već i u doslovnom smislu. Prema Lao Ceu, korisnost posude nije u glini od koje je napravljena, već u njezinoj praznini. Kao što korisnost sobe nije u zidovima, već u vratima, prozorima i praznom prostoru.

„Zato je postojanje osnov posjeda,
a nepostojanje osnov koristi“.

Kao djeca Zapada, više cijenimo oblike nego prazninu. Posjedovanje je temelj našeg postojanja. Posjedujem, dakle jesam. Zato najveći dio života provedemo teško radeći kako bismo stekli stvari koje nam zapravo ne trebaju. Tko danas prolazeći trgovačkim centrom može ponoviti Sokratove riječi, koji je, ugledavši luksuzne predmete izložene za prodaju primijetio: „Koliko mnogo ima onoga što mi nije potrebno“.

Pod stalnim smo pritiskom. Televizija, novine, radio, panoi uz ceste, internetski portali, leci u poštanskim sandučićima, odasvud pozivaju: KUPUJTE! TROŠITE! I mi se pokoravamo. Koristimo svaku SUPERPOVOLJNU PRILIKU, svaku TOTALNU RASPRODAJU, da u naše već zakrčene stanove uguramo još pokoju stvar. Pritom smo uvjereni da smo vlasnici predmeta koje smo kupili, a zapravo su to mamci, a mi lovina. Lovci su svi oni koji žive od naše ovisničke gladi, od naše grozničave želje za posjedovanjem.

Mentalno razgibavanje:

- napravimo popis stvari koje imamo,
- izračunajmo (makar približno) koliko smo novca potrošili na njih,
- izračunajmo koliko smo vremena potrošili da zaradimo taj novac, i što smo sve morali činiti da ga zaradimo,
- razmislimo o tome jesmo li mogli pametnije iskoristiti vrijeme i novac.

Henry David Thoreau vlastitim je primjerom pokazao koliko malo je zapravo čovjeku potrebno. Dvije godine, dva mjeseca i dva dana, od 4. srpnja 1845. do 6. rujna 1847., živio je u kućici koju je sam izgradio na obali jezera Walden (koštala ga je 28 dolara). Za život je zarađivao „isključivo radom svojih ruku“, zemljoradnjom, prodajom plodova zemlje i donekle nadničarenjem, a svoja je iskustva opisao u knjizi *Walden*. Ako bi se u jednoj rečenici moralo kazati o čemu u toj knjizi govori Thoreau, moglo bi se reći da on pripovijeda o jednostavnosti i ljudskom dostojanstvu.

„Ljudi se, po svemu sudeći, uglavnom nikad nisu upitali što je kuća pa su zapravo, mada bespotrebno, siromašni cijeli svoj život jer smatraju da moraju imati takvu kakvu imaju njihovi susjedi. Kao kad bi čovjek nosio kaput kakav god mu krojač skroji, ili se pak, postupno odbacujući šešir od palmina lišća ili kapu od svišČeve kože, potužio na teška vremena jer si ne može priuštiti krunu! Moguće je izmisliti kuću još i pogodniju i luksuzniju od one koju imamo, no svi bi se ipak složili da si je čovjek ne može priuštiti. Hoćemo li uvijek proučavati kako steći još od svega toga, umjesto da se katkad zadovoljimo manjim? Hoće li časni građanin, tako mrtvo ozbiljan, riječima i primjerom, naučavati potrebu da si mlad čovjek pribavi stanovit broj suvišnih blistavih cipela, kišobrana i praznih gostinjskih soba za prazne goste, prije no što umre“?

Mnogo ih je kroz vrijeme, uglavnom uzaludno, upozoravalo na taj problem. Epikur ga je sažeo ovako: „Bogatstvo koje je u skladu s prirodom ograničeno je i lako se dade postići, a bogatstvo koje se osniva na ispraznim mnijenjima gubi se u beskraj“.

Isprazna mnijenja u *Utjehama filozofije* Allain de Botton dešifrira kao ona koja ne odražavaju prirodnu ljestvicu naših potreba, nego ističu raskoš i bogatstvo, a zanemaruju prijateljstvo, slobodu i razmišljanje. Prevlast takvog mišljenja nije slučajna, nastavlja de Botton. „Trgovačkim je poduzećima u interesu da iskrive ljestvicu naših potreba i promiču materijalno viđenje robe, te onu koja nema tržišnu prođu potisnu u drugi plan. I tako nas zavede podmukla veza između nepotrebnih predmeta i drugih naših, zaboravljenih potreba. Možda ćemo na kraju kupiti džip, no Epikur smatra da smo zapravo tražili slobodu“.

Problem je što ta upozorenja nitko ne želi čuti, još manje razmisliti o njima. Tako je još uvijek ljudima važnije ono što imaju i predstavljaju nego ono što jesu. Oživljeni su i vremenu prilagođeni prastari rituali, pa kao što su neki američki starosjedioci vjerovali da ogrćući se vučjom kožom i sami poprimaju određene osobine vuka, tako mi danas vjerujemo da nam kuće u kojima stanujemo, krpice koje nosimo, auti koje vozimo, sprejevi kojima se špricamo – da nam oni daju neka sasvim određena svojstva, koja inače nemamo. Da će nas, osim što će nas učiniti neizmjerno sretnima, novi mobitel sa svim onim čudima ugrađenim u njega istodobno i prosvijetliti, pa ćemo tako odjednom moći pojmiti teoriju struna, kvantnu kromodinamiku imat ćemo u malom prstu, znat ćemo i kako se osjećao Bog prije nego što je rekao „Neka bude svjetlost", a večeri ćemo, umjesto buljeći u televiziju, provoditi slušajući *Winterreise* Franza Schuberta i čitajući Montaigneove eseje, što nam je sve do jučer bilo neizreciva gnjavaža.

Današnji zahtijev glasi: imati i biti u toku. Imati novi model svega, i znati što se u svakom trenutku događa svima, svugdje, osim onoga što se događa nama samima.

Aldous Huxley u knjizi *The Perennial Philosophy* govori o tome kako je dvadeseto stoljeće, pored ostaloga, i stoljeće buke. „Fizička buka, mentalna buka i buka želje – u svima njima držimo rekord. Nije ni čudo; jer su svi resursi naše gotovo čudesne tehnologije ubačeni u sadašnji napad na tišinu. Najpopularniji i najutjecajniji suvremeni izum, radio, samo je kanal kroz koji unaprijed napravljena buka može ulaziti u naše domove. A ta buka, naravno, dopire mnogo dublje od ušnih bubnjića. Ona prodire u um, ispunjavajući ga kaotičnom pomutnjom – vijestima, međusobno nepovezanim komadićima informacija, udarima raspojasane ili sentimentalne glazbe, stalno ponavljanim dozama drame koja ne donosi katarzu, već samo prouzrokuje žudnju za svakodnevnim, a često i svakosatnim emotivnim klistirima. A tamo gdje se, kao u većini zemalja, radiostanice uzdržavaju prodajom vremena oglašivačima, ta buka se prenosi od ušiju, kroz carstva fantazije, znanja i osjećaja, sve do glavne jezgre želje i požude ega. Izgovorena ili otisnuta, prenošena eterom ili na papiru, svaka reklama ima samo jednu svrhu – spriječiti volju da ikad postigne tišinu. Stanje bez želja je uvjet oslobođenja i prosvjetljenja. Uvjet za širenje i tehnološko napredovanje sistema masovne proizvodnje jest univerzalna žudnja. Reklamiranje je organiziran napor da se žudnja proširi i pojača – da se, dakle, prošire i pojačaju djelovanja one sile koja je (kao što su oduvijek poučavali svi sveci i učitelji svih drevnih religija) glavni uzrok patnje i pogrešnog djelovanja, i najveća prepreka između ljudske duše i njezina božanskog temelja".

Prvo izdanje ove knjige objavljeno je 1944. godine. Oružja za uništavanje tišine i proizvodnju želje u međuvremenu su, kao i oružja za masovno ubijanje i uništenje, postala gotovo savršena, a mi, izvrgnuti svakominutnim salvama buke, potpuno smo izgubili orijentaciju. Ne čujemo, ne vidimo, ne razumijemo, a ako, nakon svega, išta i osjećamo, onda je to praznina. Golema praznina zjapi u nama, i moramo učiniti nešto da je zatrpamo. Nemamo baš mnogo vremena baviti se sobom, ali ne možemo ni živjeti s tom prazninom.

Kupujte!, predlažu nam.

I mi kupujemo. Kao obnevidjeli kupujemo cipele, tepihe, fotelje, lonce, čaše, tanjure, šalice, multipraktik naprave, strojeve za pranje rublja i posuđa, police, teflonske tave, sve tanje televizore i mobitele, sve snažnije i brže kompjutore i automobile. Grčevito se hvatamo za stvari, jer se nemamo za što uhvatiti u sebi. Kupujemo uvijek novu odjeću, uglavnom krpice koje u Aziji u neljudskim uvjetima šivaju tuđa djeca za dolar ili dva dnevno. Došli smo do takvog stupnja gluposti da pod novu kupujemo ispranu i poderanu odjeću, koju k tomu masno plaćamo kao da je nova, i onda opet kupujemo, kupujemo, kupujemo...

Svejedno, ne možemo popuniti prazninu, utoliti strašnu glad.

Glad koja nas je unakazila, pretvorila u automate za zarađivanje i trošenje.

Pa, riješimo se gladi. Ono što nam je doista potrebno ne reklamira se u medijima, ne nalazi se u trgovinama, niti se može kupiti novcem.

„Upitaj svoju dušu!", preporučio je s tim u vezi Herman Hesse „Ne pitaj razum, ne pretražuj unazad povijest svijeta! Tvoja te duša neće optuživati da si premalo mario za politiku, premalo mrzio neprijatelje, premalo utvrđivao međe. Ali će se možda pojadati da si se prečesto plašio njezinih zahtjeva i pred njom bježao, nikad imao vremena baviti se njome (...) i da si je često prodavao za novac, izdavao za povlastice. A isto se, reći će, dogodilo milijunima ljudi, i kamo god da pogledaš, naći ćeš ljude s izrazom živčana, izmučena, ljutita lica, koji imaju vremena samo za najnekorisnije stvari, za burzu i sanatorij, te da to ružno stanje nije ništa drugo nego bol koja opominje, znak upozorenja u krvi. Zanemariš li me – govori ti duša – postat ćeš živčan i životu nesklon, i takav ćeš ostati i od toga stradati. (...) Europa se doima poput spavača koji mučen strašnim snovima udara oko sebe i sam se ozljeđuje. (...) I mravi vode ratove, i pčele imaju države i hrčci skupljaju blaga. Tvoja duša traži neke druge putove, i tamo gdje ju prikratiš, gdje na njezin račun postižeš uspjehe, ne cvate ti sreća. Jer 'sreću' može osjetiti samo duša, ne razum, ne trbuh, glava ili lisnica".

Tišina

Sixty-six times have these eyes beheld the changig scenes of Autumn.
I have said enough about moonlight,
Ask me no more.
Only listen to the voice of pines and cedars, when no wind stirs.
Ryo-Nen

Dan bez novina, televizije, radija i interneta. Bez svih onih ljudi s licem „ja sam jako važan i pametan" koji iskaču s naslovnih stranica, iz udarnih televizijskih i radio emisija. Dan bez gnjavatorskih reklama sa ženama i muškarcima sitim, zdravim, njegovane kože, kose, noktiju i zubi, i njihove mekane, ružičaste djece, odreda zadovoljnim i sretnim jer su kupili neku novu stvarčicu, oprali zube nekom novom pastom, ili su podigli kredit s prijateljskim kamatama.

Dan miran i tih.

Vidjeli smo već što Huxley misli o napadu na tišinu. Goethe je svojedobno predlagao još radikalnije rješenje: „Govorimo suviše. Trebali bismo manje govoriti i više crtati. Ja bih osobno volio potpuno odbaciti govor i, poput organske Prirode, sve što imam reći prenijeti pomoću skica. Ono drvo smokve, ova zmijica, čahura na mom prozoru koja još uvijek mirno čeka svoju budućnost – sve su to bitni znakovi. Osoba koja je u stanju ispravno dešifrirati njihovo značenje uskoro bi mogla potpuno odbaciti pisanu ili izgovorenu riječ. Što više razmišljam o tome, sve je više nečega zaludnog, osrednjeg čak i (u iskušenju sam reći) kicoškog u govoru. Nasuprot tome, kako vas ozbiljnost Prirode i njena tišina iznenade, kad stanete licem u lice s njom, neometeni, pred golim grebenom ili u pustoši drevnih brda."

Nije li, dakle, došlo vrijeme da uzvratimo udarac? Da se odupremo napadačima na našu tišinu, i naš mir. Da prestanemo kupovati novine, gledati televiziju. Sadržaji koje nude jeftini su, informacije su im sumnjive vjerodostojnosti, a u zabavnim televizijskim emisijama ljudi se ponašaju poput tupih, slomljenih, dresiranih životinja.

Ta kutija nas je davno odrezala od stvarnosti, i sad nas melje i dovršava. Gledajući nestvarnu radost nestvarnih likova tamo, njihove nestvarne patnje, nismo li zaboravili da i sami možemo biti sretni, da i sami patimo, da i nas često ponižavaju? Gledajući kako udaraju i primaju udarce, nismo li zaboravili koliko to boli kad zadajemo i primamo udarce?

U takvom jednom danu poslušajmo radije žučnu svađu ili veselu buku iz susjedstva. Ti ljudi obično se tuku, ili se dobro zabavljaju, u vrijeme koje nam ne odgovara, glasnoćom koja nam ne odgova-

U našim prozorima neprestano se i izravno emitira život. Koliko često pratimo taj prijenos? (Skokov prilaz u zagrebačkim Utrinama)

Poslušajmo radije štropot prolazećih tramvaja i automobila, i šumor proljetnog lišća, i korake na stubištu, i pjev crvendaća, i graktanje jata vrana galica koje jedre iznad Mireva.

ra, uz glazbu koju ne podnosimo, ali sve dok to čine, dobro je – znademo da nismo sami na svijetu. A iz popodnevnog drijemeža neka nas trgne ne ridanje ostavljenog papka iz neke sapunice, već urlik kola Hitne pomoći u našoj ulici. Netko tu ima stvarnih problema; netko je odustao od borbe i pustio slamku za koju se držao, sad smirena lica izdiše posljednji dah, zatvara krug, odlazi tamo odakle je došao. Poslušajmo, dalje, štropot prolazećih tramvaja i automobila, i šumor proljetnog lišća, i korake na stubištu, i pjev crvendaća, i tišinu, i svoju ženu kako priča o umoru što ga osjeća u očima i o cipelama koje joj stvarno trebaju, i svojeg muža kako priča o umoru u očima i o cipelama koje mu trebaju, i naše dijete kako govori o bendu koji ga se snažno dojmio, slušajmo i pse, i vrapce, i golubove, i graktanje jata vrana galica koje jedre iznad Mireva, i glasove ljudi koji prolaze ulicom pričajući s plastičnom napravicom u ruci.

Gledajmo svrake kako se u parovima bore za mjesto u krošnjama topola u parku. Muškarca kako prelazi preko parkirališta i otključava vrata srebrnog automobila. Gledajmo kako se grane stabala istočkanih mladim lišćem povijaju na vjetru. Djecu kako galameći trče po dvorištu dječjeg vrtića. Oblake kako plove prema jugu i bacaju sjenu na nebodere, šume, opustjele planinske pašnjake. Ženu kako gura dječja kolica i pući usne i govori nešto stvorenju unutra. Starca kako s plastičnom vrećicom u ruci izlazi iz dućana i pognut, kruto koračajući odlazi iza ugla. Gledajmo bonacu u Rapskom kanalu, i odbljesak sunca na staklima limene deveterokatnice, i čistača koji grablja i na gomilu slaže lanjsko lišće.

Hodajmo pokraj ljudi sličnih sebi, s istom žeđi i gladi, koji se jednako kao i mi plaše otkaza, ovrhe i poskupljenja, zađimo u šumu, među stijene, hodajmo u bilo kojem smjeru. (Camden High Street u Londonu i šuma na južnim obroncima Medvednice)

A kad se nauživamo gledanja, izađimo iz stana, i iz kože, i uronimo u život. Družimo se sa sljepićem koji se provlači kroz travu, i s psom lutalicom u parku. Hodajmo pokraj ljudi sličnih sebi, s istom žeđi i gladi, koji se jednako kao i mi plaše otkaza, ovrhe i poskupljenja, koji viču kad doživljavaju orgazam, i stenju na zahodskoj školjci, koji ujutro odlaze na posao i vraćaju se s posla poslijepodne, a to ako imaju sreće, koji stoje u redovima za hranu, lijekove i krevet u bolnici, ali koji umiru preko reda, i rijetko kad u džepu imaju novčanicu od 500 kuna. Hodajmo pločnicima pokraj izloga, hodajmo po parku, sajmu i tržnici, zađimo u šumu, među stijene, hodajmo obalom, hodajmo u bilo kojem smjeru. Hodajući tako čut ćemo vlastite korake, i vlastiti dah, i vlastito srce, a ako se posve opustimo, čut ćemo i vlastite misli.

Bilješke o nestajanju

Stvari o kojima želim govoriti jesu trenuci
obične
svakodnevne stvari
u pokretu
dolasku
i nestajanju.
Ali čim zaustim nešto reći o njima
već su prošle.
Priče su poput prepariranih ptica
lijepe
i mrtve.

Slijediti svoju sjenu

Priroda je ubojica,
ja joj neću pjevati pjesmu.
Ikkyû Sôjun

Čovjekov raskid s prirodom nije duga vijeka. Tri i nešto milijuna godina taj sisavac bio je čvrsto povezan s prirodnim okolišem, u njemu je pronalazio hranu, odjeću, zaklon, sve što mu je bilo potrebno za život. Hodajući evolucijskim stazama, prelazeći s jedne razine na drugu, on se tek nedavno, prije kojih dvjesto tisuća godina, počeo ubrzano udaljavati od prirode. Cilj mu je bio krhku, tanku kožnu opnu iza koje se skriva pretvoriti u neprobojni oklop. Koža nije njegovo jedino skrovište; skrivao se još i ispod odjeće, te u zemunicama, sojenicama, kolibama, zidanicama, neboderima...

Kako bilo da bilo, zaboravili smo odakle smo došli. Smetnuli smo s uma da nismo samo društvena bića, već istodobno i bića prirode, te da osim odnosa s ljudima, na oku treba držati i odnose s ostalim živim i neživim svijetom. Postali smo stranci čak i u vlastitom tijelu.

Mudri stogodišnjak Ernesto Sabato u biću otuđenom od prirode vidi niz psiholoških i mentalnih pukotina. I inače, od Upanišada, Propovjednika, Čuang Cea i Heraklita do Schopenhauera, Ernesta Sabata i današnjih zagovornika dubinske ekologije – uvijek je bilo onih koji su shvaćali, kako je to u *Mreži života* formulirao Fritjof Capra, da svijet nije skup odvojenih objekata, već mreža pojava koje su međusobno povezane i ovise jedna o drugoj. Koji su upozoravali, kako stoji u pjesmi Teda Perrya koja je moto spomenute Caprine knjige, da „čovjek ne tka mrežu života; on je samo nit u njoj. Što učini mreži, učinio je sebi".

No, onima koji odlučuju, prije svega šefovima multinacionalnog kapitala, fućka se za to što misle Sabato, Capra i njima slični. Takvi slabo mare za filozofiju, ekologiju, estetiku i slične stvari. I evolucija, uostalom, slabo mari za to, sva je u korisnosti i svrsishodnosti. Više koristi ima od bića zaokupljenih svojim poslovima u uredima, trgovinama, tvornicama i laboratorijima, od drvosječa, molekularnih biloga, švelja, kemičara, matematičara, bušača nafte i pekara nego od nekog pjesnika, filozofa i aktivista Greenpeacea. Istrebljenje mnogih životinjskih vrsta, nestanak mnogih autohtonih biljaka, divljačka sječa šuma, rast gradova koji na zračnim snimkama izgledaju kao istrulo tkivo, sve što zabrinjava velike umove današnjice, sve je to evolucijski irelevantno. Čini se da čovjek u strahovitom finišu trči svoj posljednji krug.

Je li baš tako?

Katastrofičari kažu da jest. Katastrofa je važan evolucijski obrazac, i ako je posljednja velika katastrofa prije 66 milijuna godina zbrisala dinosaure s lica Zemlje i napravila mjesto prvim primatima, nema nikakvog razloga da već u sljedećoj katastrofi ne strada ljudska vrsta. Tim prije što „nema dokaza bilo kakvog plana, cilja ili svrhe globalnog evolucijskog procesa, pa nema dokaza progresa", kako zaključuje Capra, što, dakle, nismo kruna evolucije, bića bogovima slična, kako si često volimo laskati, već samo jedan njezin rukavac, što smo, poput mikroba ili paprati, samo sićušni dio vrlo osjetljivog sustava, čiju ravnotežu, pokazalo se, ne razumijevajući je uporno razaramo, i što ćemo prije ili poslije nestati, poput toliko drugih vrsta prije nas.

Optimisti se ne slažu s time. Tvrde da je važno održati 21 posto kisika u atmosferi, i sve će biti u redu. Nalazimo se pred novim evolucijskim skokom, kažu, onim koji se tiče svijesti, i pitanje je sekunde, sekunde u kozmičkim razmjerima dakako, kad ćemo se osvijestiti, pa će ravnoteža biti ponovno uspostavljena, a stvari će krenuti nabolje.

S mjesta s kojeg gledam, međutim, nikako ne izgleda da će stvari krenuti nabolje. One pustinjske lisice, recimo, u „berbi" puževa kojima se hrane neće, gladne, poharati grmlje u okolici svoje nastambe, već će prijeći kilometre od grma do grma, uzimajući sa svakog po puža ili dva, pazeći da ih ostane dovoljno za reprodukciju. Čak i one, gospodareći dobro na svojem teritoriju, umiju štititi svoje dugoročne interese.

Dotle ljudska vrsta kao da je krenula u konačni obračun s okolišem: neumoljivo ruši, krči, kopa, ravna, zagađuje, ubija, istrebljuje, truje... U ljudskim zajednicama zbilja je surovo. Čovjek je jedina vrsta koja ubija pripadnike svoje vrste, i to ne kako bi ih pojeo, već zbog kojekakvih apstraktnih ideja. Kad je u pitanju ubijanje, ugnjetavanje i iskorištavanje istovrsnika, čovjek nadahnuće crpi odakle god stigne; tako je danas na djelu stvarno gadna varijanta – banaliziranjem i kompiliranjem različitih teorija, prije svega zastarjele darvinističke teorije o prirodnom odabiru i natjecanju te protuljudske ekonomske filozofije Miltona Friedmana, a u kombinaciji sa zatucanošću i gramzivošću, rodila se čudovišna varijanta, tzv. ekonomski neoliberalizam, gdje, u ime profita, već prežderane velike ribe proždiru i uništavaju sve što im se nađe u blizini, stotine milijuna pritom ostaju bez posla i gladuju – i nikoga nije briga za to.

Rani ljudi lovili su zajedno i dijelili hranu, i upravo je solidarnost na koncu urodila duhovnom dimenzijom ljudske svijesti, što nas, eto, razlikuje od drugih sisavaca. Zabrinjavajuće opadanje solidarnosti vjerojatno je najveća prijetnja opstanku ljudske vrste; njezinim nestankom izgubit će se i temeljni razlog našeg postojanja. Usta su nam puna globalizacije i globalnog, ali i dalje smatramo da nas se ne tiče bijeda Afrike; da to što u istočnoj Europi i Aziji zapadnjačke korporacije nemilosrdno iskorištavaju radnike uopće nije naš problem. Simptomatična je u tom smislu i nevjerojatna popularnost i gledanost Big Brothera i sličnih televizijskih emisija, u kojima ljudi gaze i ponižavaju jedni druge samo da bi ostali u igri. A sudionike tučnjava u školama njihove kolege više ne razdvajaju i ne smiruju, već ih snimaju mobitelom, a snimke stavljaju na Internet. I dok se tako prepuštamo jeftinim zabavama, i bavimo nevažnim, ne primjećujemo da poput ptica dodo iz onog crtića nepokolebljivo marširamo prema ponoru.

Okretanje prirodi nije tu od velike koristi. Štoviše, ako u prirodu odlazimo kako bismo tamo potražili utjehu, ili zaliječili frustracije izazvane svojim položajem u društvu i odnosom s drugima, tada griješimo. Takvi nesporazumi obično završavaju tragično. Među najpoznatijim takvim slučajevima jesu sudbine Timothyja Treadwella, junaka dokumentarnog filma Wernera Herzoga *Grizzly Man*, i Chrisa McCandlessa, junaka knjige Jona Krakauera *Into the Wild*. Jedan nije znao živjeti među ljudima, pa je pokušao živjeti među grizlijima, drugi je u divljini tražio ono što je prije svega trebao potražiti u sebi. Nijedan od njih nije shvatio da je evolucija jednosmjerna ulica, da nema koraka unatrag.

Što se mene tiče, ne očekujem ništa od prirode. Naprosto budem tamo. Hodam osjećajući zemlju pod stopalima, ne razmišljajući o mjestu na koje sam krenuo. Dišem i gledam kraj kroz koji prolazim. Čini to dobro mojim plućima, mojim mišićima, mojoj glavi. Susret s milijunima godina starim stijenama izoštrava moj osjećaj za prolaznost. Duboka brazgotina od groma na stablu smreke, ili puzanje pod udarima olujne bure, dobra je lekcija iz skromnosti.

Susret s milijunima godina starim stijenama dobra je lekcija iz skromnosti – kuk Čelina iznad Ravnog Dabra na srednjem Velebitu.

Što god očekivali da ćete susresti u prirodi, tamo ćete se najprije suočiti sa sobom. S vlastitom zebnjom i strahovima. Pogotovo nađete li se u netaknutom dijelu prirode, u divljini. U prvom razdoblju hodanja Velebitom često sam doživljavao udare straha i nelagode. Naročito kad bih, zbog loše markacije ili vlastite nepažnje, izgubio stazu. Krštenje strahom imao sam odmah, svog drugog dana na Velebitu, na sjeveroistočnom obronku Zavižanskog Pivčevca. Već sam na livadi Buljevac imao problema s markacijom. Prema karti, s mjesta na kojem sam se nalazio, kod gomile kamenja ukrašene poprilično zbrkanim oznakama, račvale su se tri staze, a ja sam vidio samo jednu, onu jasnu, dobro utabanu stazu koja vodi na visoravan Jezera. Druge dvije, onu što vodi na Mali Rajinac i onu na Zavižanski Pivčevac, nisam vidio, a nisam uokolo mogao pronaći markacije. Bio sam apsolutni početnik što se Velebita i planina tiče, nisam imao nikakvih planinarskih iskustava, a htio sam stvar izvesti po svim pravilima, prema karti. Na kraju sam krenuo preko livade ravno prema vrhu Zavižanskog Pivčevca čija je kamena glavica virila iza šumovitog vrha Malog Pivčevca, koji se uzdizao tu ispred nosa, gotovo nadohvat ruke. Zašao sam u bukovu šumu, nedugo potom na sjevernim obroncima M. Pivčevca pronašao sam markacije i stazu, i do vrha Z. Pivčevca više nije bilo problema. U povratku, a htio sam se u planinarski dom vratiti preko Vukušić snježnice, staza mi je jednostavno nestala ispred nosa. Hodao sam nizbrdo još nekih deset minuta, ali stazi i markaciji ni traga. Počeo me je hvatati strah. Gdje je prokleta staza, gdje su markacije? Razum mi je govorio da je sve u redu, dom je u onom smjeru, udaljen tri četvrt sata hoda, mogu se fino vratiti na vrh i otamo se spustiti stazom kojom sam i došao, ali svejedno su me počeli udarati refuli panike. Počeo sam trčkarati uzbrdo i nizbrdo, pa amo tamo po padini brda, oči su mi zvjerale u potrazi za spasonosnim crvenim krugovima s bijelom točkom, a onda sam se umorio. Tek sam bio prebolio gadnu bolest, pluća mi ne rade kako valja, pa sam bio prisiljen sjesti na zemlju i doći do daha. Tu su stvari sjele na svoje mjesto. Izvadio sam kartu i shvatio da moram ići sjeverozapadnom stranom obronka sve dok ne naiđem na stijene, a onda se samo trebam spustiti na cestu kod Vukušić snježnice.

I kasnije bi me, dok sam hodao planinom, posebno kad bih zašao duboko u šumu, kad su mi stabla i krošnje zaklanjale vidik, znala uhvatiti zebnja. No tako bi se, tješio sam se, osjećala divokoza u Utrinama, u onom spletu asfaltiranih puteva između klisura od armiranog betona.

Već pri kraju moje druge sezone na Velebitu zebnja i nelagoda su nestali. Nestali su kad sam shvatio da se ne mogu izgubiti u planini; da se samo trebam opustiti i hodati, slijediti prolaze, sedla i prijevoje, i već ću stići nekamo odakle ću vidjeti neki poznati vrh, stijenu, dolinu ili kosu. Ili neku ravnu liniju, koja nedvojbeno ukazuje na blizinu ljudi, što ponekad može biti dobro.

„Samo slijedi sunce", kaže stari lovac na zmije iz filma *Vanishing Point*, „i ne ispuštaj svoju sjenu iz vida".

Isto tako, shvatio sam da u divljini nisam nikakavo strano tijelo, jer ciglice od kojih sam sačinjen, kao i ciglice od kojih je sačinjeno ono drvo, ona gušterica, ili medvjeđa balega, potječu iz istog zvjezdanog kotla. (Svi smo mi potomci supernove, piše Peter Ru-

Ne ispuštaj svoju sjenu iz vida! (Rossijeva koliba na sjevernom Velebitu)

ssell u knjizi *Buđenje planeta*. „Atomi koji u ovom času sačinjavaju naše tijelo možda su u prošlosti bili u nekom vulkanu, u stijenama, u oceanima, u atmosferi, u nekom hrastu ili orlu, te u brojnim drugim ljudima iz prošlosti i sadašnjosti. Jedino što se u toku eona mijenjalo bile su kombinacije atoma, ali ne i sami atomi".) Kao što sam prihvatio činjenicu da sam na kraju krajeva, koliko god otuđen, ipak biće prirode, koje je, istini za volju, poprilično zakržljalo, i koje dugoročno ne može opstati u divljini živeći od onoga što pronađe u njoj, ali koje opet nije baš toliko bespomoćno da ne bi moglo opstati u njoj nekoliko dana ili tjedana. Pritom u ruksaku treba imati nešto vode i kruha, nož i šibice, prikladnu odjeću na sebi, a valja pronaći kakvo zgodno mjesto u zavjetrini, ili još bolje neko planinarsko sklonište, gdje se može provesti noć.

U Rossijevoj kolibi, zidanici od kamena u Rožanskim kukovima, dva i pol sata hoda od planinarskog doma Zavižan, ugodno je provesti noć. Koliba nije velika, samo jedna skromno opremljena prostorija – zajednički drveni ležaj na kat za deset osoba, ako se malo stisnu jedna uz drugu, šterna s kišnicom, peć od lijevanog željeza, zidni ormarić, limena kanta za vodu, stol, stolac, klupa, a odnedavna i sklopivi stol. Često odlazim tamo i mogu reći sljedeće – to je dobro mjesto, jer je boravak besplatan, mira ima napretek, a susjedstvo, gušteri, miševi, vjetruše, bumbari, medvjedi, poskoci, sjenice i ostali, je prijateljsko.

Spavao sam u njoj i sredinom lipnja 2008. Stigao sam tamo predvečer, i nisam zatekao nikoga. Sredina je tjedna, malo je vjerojatno da će tko i navratiti. Noć sam dočekao sjedeći ispred koli-

Atomi od kojih smo sačinjeni vi, ja i balega na Premužićevoj stazi potječu iz istog zvjezdanog kotla i vječni su.

be i pijući čaj. Gledao sam kako se u golemoj ponikvi ispod terase zgušnjavju sjene. Tamo dalje, sunčevu stazu na moru prekidali su tamni obrisi Lošinja i Cresa. Zalazeće sunce bojalo je okolne kukove u crveno. Ustao sam i pogledao prema Rossijevom kuku. Litica koja, kao i koliba, nosi ime planinara, oficira i botaničara Ljudevita Rossija (1850–1932), koji je izvrsno poznavao Velebit, crvenjela se na metalnoplavom nebu, dok je klekovina bora krivulja kojom je obrasla poprimila boju rđe. Moja sjena pružala se duž staze i preko grmova bora krivulja ususret njoj. Slika mi je bila poznata, znam je iz poeme *Pusta zemlja*.

Kakvo korijenje izbija, koje grane rastu
Iz ovog kamenjara? Sine čovječji, ne znaš
I ne možeš pogoditi, jer znaš tek
Gomilu smrskanih slika, u koju bliješti sunce,
Gdje mrtvo drvo ne daje sjene, cvrčak olakšanja,
Ni suhi kamen klokot vode. Samo se
Sjena nalazi pod ovom crvenom stijenom
(Uđi u sjenu ove crvene stijene),
Pokazat ću ti nešto različito
Od tvoje sjene ujutro, koja korača iza tebe,
Od tvoje sjene navečer, što ti se diže u susret;
Pokazat ću ti strah u pregršti prašine.

No ovdje je, osim kamenjara, crvene stijene i sjena, sve drukčije nego u Eliotovim stihovima. Spokojnije, bez apokaliptičnih tonova, jeze i straha.

Sunce je zašlo, postaje svježe, stijene su opet poprimile svjetlosivu boju, no ptice kao da ne misle prestati pjevati. Obukao sam vjetrovku, natočio još jednu šalicu čaja i sjeo na trupac uza zid kolibe. Iz podzida je na terasu istrčao miš i tražio nešto uokolo. Na svaki moj pokret zbrisao bi natrag pod kamenje. Bio je stvarno brz. I zato je još živ. Mnogo poskoka htjelo bi ga vidjeti na svojem meniju.

Pijem već mlak čaj i gledam. Nebo mijenja boju, od metalnoplavog u zenitu do prljavonarančastog na horizontu. Onda mutna, siva linija obale Istre, pa narančastosivo more, pa bakrene linije otoka, opet more, pa mračne konture vrhova na primorskoj padini, i konačno crni, čipkasti obris vrška smreke što raste na strmoj padini ispod kolibe. Ptice su prestale pjevati. Tišina je potpuna.

Ušao sam u kolibu i jedno vrijeme čitao uz svjetlost svijeće, a onda je zbilja postalo hladno. Zrak u kolibi je mješavina leda i dima. Zavukao sam se u vreću i stavio ruksak pod glavu. Tvrdo je, slabo tu pomaže *karimat*, no svejedno sam odmah zaspao.

Probudilo me nekakvo zveckanje. Onaj miš trčkarao je preko lanca kante za vodu, koju sam neoprezno ostavio na podu. Ili je to bio neki drugi miš. Jedan puh ordinirao je negdje u krovu. Činilo se da je vani mjesečina, i mora da to izgleda dobro, sve te stijene i planinski vrhovi, i more obasjani mjesečinom i sve to, ali noćas ću to propustiti. Noćas ću ostati u svojoj toploj vreći.

Staza prolazi zdrobljenim istočnim bokom Buljme. S lijeve strane je Mirevo. Ispred je gola padina prošarana kamenjem. Nebo je čisto, svijetlo. I onda napravite taj jedan korak, i snagom teškaševa direkta u glavu udari vas taj prizor. Ne može se reći da je neočekivan, jer nisu se pred vama pojavili ledeni bregovi, niti pejzaži pustinje Gobi, ali svejedno budete zapanjeni. Dolje, duboko ispod vas leže južni rtovi Raba, Dolin, poluotok Lun, Dolfin, Trstenik i opet tamo u daljini Cres i Lošinj. Imate osjećaj da možete zakoračiti na rtove Raba i vrškom cipele uzburkati more u trajektnoj luci.

Kugla heliografa meteorološke postaje Zavižan okreće Velebit naglavačke. U pozadini se vide Hajdučki kukovi, Veliki Kozjak, Lubenovačka vrata i Vratarski kuk.

Velebit

Popeti se na Velebit nije više jednostavno,
nije naprosto: popeti se, kao nekada davno.
Antun Šoljan

Prvi prisni susret s Velebitom imao sam u kasno ljeto 2006. I prije sam se u nekoliko navrata zatjecao na njemu, u prolazu, na nekoliko sati, s društvom, najčešće u njegovu podnožju, u nekom restoranu. Ovaj put bio sam sam, a u tih osam rujanskih dana prošao sam osnovne staze sjevernog Velebita, na pristojnoj udaljenosti od naselja.

Nisam, velim, imao ranijih planinarskih iskustava. Od planinarske opreme imao sam cipele, vjetrovku i mali ruksak, a za tu prigodu kupio sam planinarsku kartu sjevernog Velebita u mjerilu 1:30 000 i knjigu Željka Poljaka *50 najljepših planinarskih izleta u Hrvatskoj*. Imao sam i drveni planinarski štap s metalnim šiljkom na vrhu, kojeg sam 1994. kupio u Bischofshofenu kao suvenir, i o koji smo se godinama spoticali u stanu. Ujutro 4. rujna 2006. štap je dočekao svojih pet minuta. Tog jutra spakirao sam hranu i opremu za koju sam mislio da će mi biti potrebna i odvezao se pod vrh Vučjaka na sjevernom Velebitu, gdje se nalazi planinarski dom i meteorološka postaja Zavižan. Prethodno sam nazvao Antu Vukušića, voditelja postaje i domara, da upitam ima li mjesta u domu.

Koliko god hoćete, odgovorio je.

Bilo su to posebni dani za mene. Imao sam iza sebe mjesec dana ležanja u Specijalnoj bolnici za plućne bolesti u Rockefellerovoj, šest mjeseci gutanja pune šake gadnih antibiotika, i izliječenu mikobakteriozu. Teška kronična opstruktivna bolest pluća, pak, stvar je s kojom ću se morati nositi do kraja života. Zahvaljujući njoj ja se stalno krećem na visini od 5000 metara iznad mora; naime napor s kojim se moja pluća i moj organizam susreću pri usponu na velebitske vrhove (uglavnom je riječ o visinama između 1600 i 1700 metara), usporediv je s naporom s kojim se zdrav čovjek susreće pri usponu na Kilimanjaro, otprilike.

Još u veljači odlazak od moje zgrade do tržnice u zagrebačkim Utrinama za mene je predstavljao popriličan problem. Tu udaljenost, kojih 300 metara, nisam ujutro mogao prijeći, a da ne napravim kratku stanku. Kasnije, kad bi se pluća malo „zagrijala“, stanka nije bila potrebna, ali pješačenje je i dalje bilo naporno.

Ispalo je, međutim, da su te bolesti bile najbolje što mi se dogodilo posljednjih godina. Odlučio sam tada učiniti sve što je u

Premužićeva staza prema standardnim planinarskim stazama isto je što i autoput prema bijeloj cesti. Tu magistralu hodača dugačku 50 kilometara, koja vodi od livade Dešinovac na sjevernom Velebitu do Baških Oštarija na srednjem, projektirao je ing. Ante Premužić, a gradili su je od 1930. do 1933. zidari i majstori suhozida iz sela na primorskoj strani Velebita. Na sjevernom Velebitu, gdje se planina upornošću igle na kompasu pruža u smjeru sjever-jug, staza prolazi kroz bukove i smrekove šume, kroz labirinte stijena i kukova, iznad krševitih dolaca, ponikava i provalija, preko krških visoravni s livadama i pašnjacima, što je čini jednom od najljepših planinarskih tura u Europi. (U Rožanskim kukovima)

mojoj moći da se više nikad ne vratim na plućni odjel. Zato sam prestao pušiti. Bilo je još nekih besmislenih stvari kojima sam, nekako u isto vrijeme, okrenuo leđa: novinarstvu, hrvatskim književnim krugovima i raznim drugim bezvezarijima.

To je život. U istom paketu idu penicilin i atomska bomba. Kristalna noć i Rahmanjinovljev *Trio élégiaque No. 2 u d molu*. Gulag i Massey Hall. Berlinski zid i *Kvaka 22*. Pinochet i Charles Bukowski.

O planini se govori kao o prostoru slobode. Samo odete gore, kaže se, i svi okovi spadnu s vas, sve brige nestanu, postanete slobodni. Ali, kako u planini može biti slobodan netko tko nije slobodan u gradu?

Pišući o tome u jednom pismu Luciliju Seneka ga podrugljivo pita zar zbilja misli da će mu putovanje i novi krajolik pomoći da odbaci sjetu i osjećaj potištenosti? I odmah mu preporučuje promjenu karaktera, a ne promjenu okoline; jer kamo god pođe, i koliko god daleko ode, svugdje će ga pratiti njegove slabosti. A potom svoje mišljenje osnaži Sokratom: „Zašto se čudiš da ti putovanja ne koriste, kad svugdje sa sobom vučeš sebe? Natovaren si istim onim što te je i odvelo na put."

I tako sam se zatekao na terasi planinarskog doma na južnom obronku Vučjaka. Bio je topao, vedar dan. Ante Vukušić kratko me je uputio u abecedu sjevernog Velebita; pokazivao je rukom prema jugu i imenovao stjenovite vrhove, sedla i kose: Hajdučki kukovi, Veliki Kozjak, Lubenovačka vrata, Vratarski kuk, Debela kosa, iza nje viri vrh Gromovače, ovo ispred je Veliki Zavižan, a ova kosa je Zavižanska ili Velika kosa...

Na zapadu, pod našim nogama, ljeskalo se more; gledao sam Velebitski kanal, stjenovitu, strmu istočnu obalu Raba i pješčanu uvalu Lopar na vrhu, pa onda Goli otok, Sv. Grgur, Prvić, Baščansku dragu i tamo dalje na zapadu Cres i Lošinj. S terase doma more se doima plavom šperpločom po kojoj je razbacano kamenje, ponegdje obojeno u zeleno. Osjećam se dobro. A pritom nisam dobio na lutriji, niti sam kupio novi automobil, ni cipele, ni mobitel, ni set kuhinjskih noževa, ni usisivač, niti išta slično. Samo sam ovdje, gledam, i dišem.

U planini najprije osjetite kako vrijeme usporava. Ništa vas ne podsjeća na protok vremena, ni tramvaji i autobusi s redovima vožnje, ni satovi na trgovima, ni crkvena zvona, niti program radija i televizije, ništa osim sunca i mjeseca koji se u iskonskom ritmu izmjenjuju na nebeskom svodu. I vi samo prihvatite taj ritam, počnete živjeti u njemu.

Hodajući prvih dana planinom, osjećao sam se onako kako mora da se u knjižnici osjeća nepismen čovjek, otprilike. Na svakom koraku, naime, nailazio sam na biljke kojima nisam znao ime, niti sam išta drugo znao o njima, na stotine meni nepoznatih biljaka. Slično je bilo i sa životinjama koje sam susretao. Mogao sam odrediti, otprilike, je li riječ o kukcu, gmazu, sisavcu ili ptici, i to je bilo sve. Isto tako, nisam znao čitati znakove koje su životinje

Na svakom koraku nailazio sam na biljke kojima nisam znao ime, niti sam išta drugo znao o njima. Osjećao sam se onako kako se najvjerojatnije osjeća nepismen čovjek u knjižnici.

Susreti sa životinjama su rijetki, jer one s pravom zaziru od nas, ali je planina puna njihovih zvukova i tragova, pjeva ptica, izmeta, prevrnutog kamenja, razrovanih pašnjaka i mravinjaka, otisaka šapa i papaka. (Svjež otisak medvjeđe šape na Tuderevu).

ostavljale uokolo, njihove tragove, izmet i ostale znakove. Zato sam se dao u potragu za literaturom o velebitskoj flori i fauni. Preteške za ruksak, ali neophodne za upoznavanje planine, kako sam vjerovao, pa sam ih zato uvijek držao u automobilu, te su mi knjige dvije godine pravile društvo na Velebitu. Naučio sam imena mnogih biljaka i životinja, saznao o tome kada niču, cvatu i dozrijevaju, kada se pare i kote, čime se hrane i niz drugih stvari, a onda sam shvatio da i dalje ništa ne znam o planini. Jedino vrijedno što sam mogao saznati iz tih knjiga jest koje su biljke otrovne, koje jestive, a koje ljekovite.

Otada, osim po tim svojstvima, biljke i životinje razlikujem prema boji, veličini, obliku, mirisu, načinu kretanja, glasu, broju udova, broju latica, tvrdoći, bodljikavosti, hrapavosti, plahosti, toplini, mjestu na kojima sam ih sreo i dobu dana, načinu na koji reagiraju jedne na druge i na mene, i sličnim svojstvima.

Jedan mobitel i jedna knjiga bili su prekretnica u mojem upoznavanju planine. Taj dan hodao sam dolinom Mirevo. U dolinu su davno prestali dolaziti primorski stočari, ostavivši stanove i bunare da propadaju, ali ona uopće nije pusta. Hodajući uznemirujem mnoštvo cvrčećih skakavaca, u travi nešto šuška i hitro bježi od mene, ne vidim je li miš ili neka zmija, tu su još i leptiri, ptice, i mnogo drugih stvorenja u travi i pod zemljom koje ne vidim, ali osjećam kako se miču unutra. Hodao sam bez nekog cilja, promatrao s uzvišenja sjene oblaka kako jure dolinom, pratio liniju prevrnutog kamenja koje je isprevrtao medvjed u potrazi za hranom, odmarao u sjeni i mirisu stabalca trešnje, obilazio ruševine stanova, jedna je ruševina ogoljelog krovišta s čavlima zabijenim u uzdužne grede podsjećala na životinjski kostur, navirivao se u bunare, u nekima je bilo vode, a onda sam se vratio do automobila parkiranog na proširenju ceste Štirovača–Jablanac, tamo gdje je presijeca Premužićeva staza.

Jeo sam jabuku i gledao svježe obnovljene markacije na kamenoj ploči pokraj staze, kad mi je pažnju privukao plosnat kamen na koji je bio naslonjen drugi kamen, a sve je bilo postavljeno tako da sakrije nešto. Nagnuo sam se i ispod plosnatog kamena ugledao plastičnu kutiju u kojoj se nalazio mobitel. Neko vrijeme čučao sam tamo, žvakao jabuku i razmišljao o toj situaciji. Mobitel u plastičnoj kutiji zamaskiranoj kamenom na Premužićevoj stazi!? Zanimljivo.

Najprije sam pomislio na skrivenu kameru, pa sam se uspravio i pogledom pretraživao okolno grmlje, a onda sam shvatio da je ta pretpostavka glupa. Kutija s mobitelom mogla je, također, ispasti nekom planinaru iz ruksaka, ali kako je onda onaj plosnati kamen dospio na nju. Netko je, ipak, stavio mobitel tamo, ali tko, i zašto? Neko vrijeme sam si razbijao glavu time, a onda sam sve poslao dođavola, sjeo u auto i krenuo prema Štirovači. Stotinjak metara dalje, pokraj prvih vikendica na Alanu, jedan je muškarac hodao cestom. Nisam mogao odoljeti, stao sam, pozdravio ga, i upitao je li slučajno riječ o nekom lokalnom običaju...

– Mislite na mobitel u kutiji – prekinuo me je.

– Da – rekao sam smeteno.

– Parkirajte ispred one kuće i pričekajte da odem po mobitel, pa ću vam sve objasniti – rekao je.

Na Mirevo su davno prestali dolaziti stočari. (Ostaci stana na Mirevu)

Tako sam upoznao Ivana Polana. Ispričao mi je da mobitel ostavlja ondje jer je to najbliže mjesto gdje može uhvatiti signal, a zbog posla mu je važno da uvijek bude dostupan, i meni je zapravo užasno neugodno što mu ovdje otkrivam skrovište, no priča je previše dobra da bi ostala neispričana. Na rastanku mi je poklonio knjigu Šime Balena *Velebit se nadvio nad more...*.

Ta knjiga, pokazalo se, uvelike je nadišla značenje pukog poklona. Nakon što sam je pročitao, postao sam svjestan ljudi koji su prije mene hodali planinom, živjeli na njoj.

Velebit se nije mnogo promijenio otkako sam pročitao tu knjigu, i dalje je to bio izlomljeni greben karbonatnih stijena preko kojeg je na nekim mjestima, poput kože, prevučen tanak sloj zemlje iz koje rastu različite biljke, i po kojoj hodaju razna bića, no promijenila se pozadina na kojoj se planina očitovala, a ona je, velim, uključivala iskustva onih koji su tu bili prije mene. Balenova knjiga odškrinula je zavjesu koja se dotad nalazila između Velebita i mene, a koje uopće nisam bio svjestan.

Svaka sljedeća knjiga ili putopis s Velebita koje sam pročitao dodatno su razmicali tu zavjesu, i ja sam sa sve većom sigurnošću i uživanjem hodao planinom. Njihovi autori, Dane Vukušić, Ante Rukavina, Božo Modrić, Sergej Forenbacher, Miroslav Hirtz, Josip Poljak, Ivan Krajač, Ante Premužić i Radivoj Simonović, postali su moji nijemi, pouzdani velebitski vodiči i suputnici.

Ako sam išta iskusio hodajući Velebitom, onda je to sljedeće: sve za čime žudimo, poput uspjeha, novca, imetka, slave, ugleda, moći, i zbog čega smo u stanju godinama rintati, prodavati se, spletkariti, izdavati prijatelje, ponižavati se, manipulirati ljudima i gaziti ih – u planini ne vrijedi ništa, niti išta znači. A ako te stvari ne vrijede u planini, dakle ako same po sebi nemaju nikakvu vrijednost, kako onda mogu vrijediti igdje drugdje? Tko im daje i određuje vrijednost?

Onom poskoku u pukotini stijene na puteljku ispod Jareće glave, smrekovoj pipi na kamenoj ploči u Čepurašima, srni ispod Oblog kuka, jastrebu iznad Prosenjaka, njima je bilo sasvim svejedno tko sam i što sam ja; ništa im nije značilo moje zanimanje, položaj u društvu, imovinsko stanje i takve stvari. Bili su potpuno ravnodušni prema tome. Zanimalo ih je jedino jesam li im prijetnja ili ne, i koje su moje namjere. Poskok me je puhanjem upozorio da sam prešao liniju diskrecije, i ja sam se zaustavio, fotografirao ga i strpljivo čekao njegov sljedeći potez, a on je nakon nekog vremena napustio obrambeni gard i zavukao se u pukotinu. Smrekova pipa se ukočila, praveći se mrtva, i ja sam je prekoračio i otišao svojim putem. Srna, ne obazirući se na mene, uspinjala se padinom obraslom klečicom, i nestala među stijenama. Jastreb je neko vrijeme kružio iznad kukova, i potom odletio prema Vilinskom vrhu.

Shvatio sam, također, još nekoliko običnih, jednostavnih stvari. Na primjer, da su majstorije više ili manje razvikanih kuhara koje sam kušao proteklih godina puka splačina u usporedbi s kriškom sušene govedine, raženim kruhom i svježom paprikom serviranim na siću na terasi ispred Rossijeva skloništa, dok vam oči prelaze s tepiha klekovine na kukove, s kukova na gustu crnogoričnu šumu, sa šume na more, s mora na indigo plavo nebo, gdje svoj ples izvode vjetruše koje se, valjda, gnijezde u kukovima.

Shvatio sam da sve što mi je doista potrebno stane u ruksak od 40 litara.

Susreti s oblakom

Dok hodam uokolo
oblaci gutaju moju sjenu.
Ryōkan

U bilježnici crvenih korica koja je standardni dio moje planinarske opreme, u bilješci od 25. rujna 2006. stoji:

Zavižan → Jezera
9:30 11:15
Cr. Sv. Ante

14:40 na V. Kosi
dišem oblak

Cijelo popodne oblaci se pokušavaju podići iz Vukušić dulibe. Istočni vjetar ih razbija i gura natrag.

Taj dan hodao sam po visoravni Jezera, najprostranijem sjevernovelebitskom pašnjaku preko kojeg su nekad vodili važni stočarski putevi. Na mjestu gdje su se spajali putevi iz Lukova, Klade i Lubenovca prema Krasnom, danas se račva planinarska staza – jedan krak spušta se u Krasno, drugi vodi na Mali Rajinac, najviši vrh sjevernog Velebita. Tu, na južnom su rubu goleme ponikve na čijem se dnu nalazi lokva koja ne presušuje, vide se priručno rekonstruirani temelji kapelice Sv. Ante.

Ljudevit Rossi boravio je ovdje 25. lipnja 1896. U rukopisnoj knjizi *Velebitom uzduž i poprijeko* ostavio je skicu koja prikazuje zidine kapelice i lokvu u ponikvi. Na istom mjestu zatekao se 1923. i Miroslav Hirtz, koji u putopisu u Hrvatskom planinaru spominje lokvu i pastirske stanove, ali ne i ruševine kapelice. Ponikvu s lokvom spominje i Josip Poljak u *Planinarskom vodiču po Velebitu* iz 1929., ali ne spominje stanove ni ruševine kapelice. Danas tu nema ni kapele niti pastirskih stanova, nema ni Rossija, ni Hirtza, ni Poljaka, ali su ponikva i lokva tu. Tu sam, u prolazu kroz planinu i kroz život, i ja.

Toliko o ljudima, ljudskim djelima i djelima prirode.

Jesen na planini već je bila odmakla. Trava je boje pustinjskog pijeska. Uspinjem se na istočni rub ponikve do istrulih ostataka drvene lovačke čeke. Ubijati životinje na pojilu!? Ti lovci zbilja nemaju smisla za fair-play. Sišao sam do lokve i neko vrijeme promatrao tragove životinja koji su se tu isprepletali i stapali jedni s drugima. Vraćajući se prema Zavižanu, s jednog travnatog sedla osmotrio sam niz ponikava koje mora da su poprilično ozlovoljile Hirtza, čim ih je u putopisu označio velikom smetnjom u napredovanju planinara. „Odveć su duboke, neke od njih i dosta strmenite, da ih čovjek na priječac pregje, pa ih mora obilaziti i ovako okolišajući utrošiti suviše vremena."

Meandrirajući po rubovima Hirtzovih ponikava došao sam do Buljevca, odakle sam ugledao oblake kako kuljaju iz Modrić doca ili neke ponikve na Icincu i prelijevaju se preko Vučjaka. Nebo na jugu, istoku i sjeveru bilo je čisto, dimilo se samo između Vučjaka i Velikog Zavižana. Kad sam izbio na cestu shvatio sam da oblaci dolaze s primorske strane, od Vukušić dulibe.

Popeo sam se na Veliku Kosu i gledao kako se dolje iznad Velebitskog kanala gomilaju kumulusi. Uzlazne struje kovitlale su ih i dizale do planinskih prijevoja i vrhova, gdje ih je dočekivala bura. Bijela voda, kako je oblake nazvao biograf vode Philip Ball, zapljuskivala je i vrh na kojem sam stajao, obavijala me je i gutala, prolazila pokraj mene i kroza me, zatvarala mi vidik, i onda se naglo rasplinjavala, a pred mojim očima nastajale su stijene, točila, bukove šume, strmine obrasle smrekom, travnata sedla, more, otoci... Stojeći čas na oblaku, čas u oblaku, čas na stjenovitom vrhu, bio sam svjedokom nestajanja i ponovnog stvaranja svijeta.

Tada sam prvi put disao oblak.

Otada sam se na Velebitu često susretao licem u lice s oblacima. Kojiput su me znali otjerati s planine. Što ću ovdje, mislio sam, kad ništa ne vidim. Kasnije sam shvatio da ne moram uvijek gledati. To jest, da ne moram gledati samo očima.

Razumio sam, također, zašto su oblaci toliko privlačili pažnju pjesnika i mistika. Odgovor je u 13. stoljeću u jedan redak sažeo

Gonjeni vjetrom, dolaze iz Like i poput zapjenjenih slapova prelijevaju se preko Jezera u Zavižansku kotlinu, gdje se raspršuju, nestaju.

zen-učitelj Dôgen: „Kako samo poput oblaka lutamo kroz rađanja i smrti!"

4. 07. 2008.
Seravski vrh
hodam kroz sjene
oblaka
kroz vjetar (12:33)

Prethodni reci nisu metafora, niti pokušaj pisanja poezije, već gola, precizna bilješka o izravnom iskustvu, zapisana 4. srpnja 2008. u 12:33, olovkom, na travnatom obronku Seravskog vrha koji se uzdiže iznad sjevernog dijela visoravni Rožano.

Osim što je umirujuće promatrati ih, zastirući svijet oko nas oblaci nam pružaju priliku da se pozabavimo sobom. Ili da obratimo pažnju na stvari u neposrednoj blizini, koje suviše često ne vidimo jer nam pogled privlače daleki vidici. Isto tako, zvukovi postaju mnogo jasniji u bjelini oblaka.

Spuštajući se jednom kroz oblak s Velikog Zavižana uskom stazom kroz klekovinu bora začuo sam pjev neke ptice. Nije se mogla nalaziti daleko od mjesta na kojem sam se zaustavio. Ne znam kome je pjevala, no ja sam je slušao. Nisam je mogao vidjeti, ali zvuk je bio jasan. Nakon nekog vremena više nisam mogao odrediti iz kojeg smjera dopire zvuk, činilo se da to oblak pjeva. Na kraju više nisam bio svjestan mjesta na kojem sam stajao, ni oblaka, ni borova, ni staze, ni ptice, postojao je samo taj pjev.

Zastirući svijet oblaci nam pružaju priliku da se pozabavimo sobom. Ili da obratimo pažnju na stvari u neposrednoj blizini, koje suviše često ne vidimo jer nam pogled privlače daleki vidici. (Čepuraši, sjeverni Velebit)

Ispod burnog oblaka na Basači, u procjepu između neba i zemlje gdje caruje vjetar.

Jednom drugom prilikom, Ante Vukušić pozvao me da iziđem na terasu doma. Pio sam kavu u blagovaonici, zlovoljan, jer mi je uspjelo probuditi se dovoljno rano da opet vidim kako izlazeće sunce boja kamene vrhove, kako se sjene planina pružaju preko mora i otoka, no oblaci su zeznuli predstavu, a ja više nisam mogao zaspati. Zatekao sam Antu kako stoji pokraj heliografa i gleda prema istoku. Gonjeni burom, oblaci teku iz Like i poput zapjenjenih slapova prelijevaju se preko Jezera u Zavižansku kotlinu, gdje se raspršuju, nestaju. Dugo nisam mogao skrenuti pogled s bujice oblaka. Taj prizor dozvao mi je u sjećanje slike jednog starog sna.

Jednom davno sanjao sam slapove na moru. Taj san me progonio mjesecima. U sjećanju sam nosio pojam morskog slapa, no nikako nisam mogao dozvati njegovu sliku. Potom sam cijelu stvar zaboravio. I evo, gotovo tri desetljeća poslije, zatekao sam se u vlastitom snu: ovi oblaci zapravo su slapovi iz mojeg sna?

Ne mogu, međutim, reći da uživam u baš svakom susretu s oblacima. Burne oblake dobro je gledati izdaleka. Iz Jablanca, na primjer. Sredinom listopada 2007. našao sam se u Senju s dobrim znancem, blues gitaristom Burkhardom Ellgerom. On je već nekoliko tjedana putovao jadranskom obalom, ja sam stigao iz Zagreba – cilj nam je bio Zavižan. No, sjeverni Velebit bio je u oblaku. Predložio sam mu zato da odemo do Jablanca, pa onda na Alan, možda je tamo situacija bolja. Prevario sam se, ljubičastocrna obrva pokrivala je i vršne dijelove srednjeg Velebita. Srećom, bilo

Iznad Velebitskog kanala gomilaju se kumulusi. Uzlazne struje kovitlaju ih i dižu do planinskih prijevoja i vrhova, gdje ih dočekuje bura.

je otvoreno zimsko sklonište planinarskog doma Miroslav Hirtz iznad trajektne luke, pa nismo morali brinuti o prenoćištu.

Proveli smo dan u šetnji Zavratnicom, Burkhard je pričao o svojem lanjskom usponu na neki vulkan na Novom Zelandu, kasnije smo otišli posjetiti grob Dane Vukušića, bura je rašpala more, nad Jablancem je bilo vedro, a pogled iz udobnog mediteranskog kuta na daleki burni oblak i stjenovite velebitske provalije bio je dojmljiv.

Sasvim je druga stvar naći se između tamnog oblaka i zemlje, u onom procjepu u kojem operira bura, što mi se u travnju 2009. dogodilo iznad Oštarija, gdje me je udar vjetra zaljuljao tako snažno da sam morao četveronoške puzati do zaklona, odakle sam opet mogao stvar gledati s estetske strane.

Crni oblaci na kojima se odražava sjaj zalazećeg sunca i šiljati greben tvore okvir za dojmljiv, divlji prizor – ukoliko ste, velim, u zavjetrini, dobro obučeni, i na desetak minuta od planinarskog skloništa.

Zemaljske orgulje

Kad sam se tog jutra probudio i pogledao kroz prozor, nije bilo Velike kose. Progutali su je oblaci, koje je dogonio vjetar s Jezera.

Razmišljao sam o tome jesam li se noćas budio i gledao svjetla svjećarica duboko dolje između Raba i Cresa, ili sam samo sanjao da se budim i gledam svjetla svjećarica. No posve sam siguran da je pred zoru sijevalo i grmilo. Gromovi su udarali negdje u daljini. Čuo sam vjetar. Puhao je snažno i bacao kapi kiše u prozor.

Ustao sam i spustio se u kuhinju planinarskog doma. Doručkovao sam, pio čaj i gledao kroz prozor. Travnata padina Velike kose čas bi se zamutila, čas nestala, a onda bi se opet sve razbistrilo, kao da je tu negdje neki golemi brisač. Malo poslije izišao sam na terasu. Na trenutak sam kroz stanjen pokrov oblaka mogao uhvatiti mutan odsjaj mora i ledeni Sunčev sjaj. Kako nije izgledalo da će se stvar uskoro raščistiti, vratio sam se u spavaonicu na katu. Uvukao sam se u vreću za spavanje i čitao *Love Is a Dog from Hell.*

„pas
hoda sam na vrućem pločniku
ljeta
čini se da ima moć
deset tisuća bogova.
zašto je to tako?“

Ovi stihovi dolaze iz istog izvora iz kojeg i stihovi poeme „Pjesme o ludom oblaku“ iščašenog zen-majstora Ikkyûa Sôjuna, koji je živio 500 godina prije Bukowskog.

„Napiši jedan snažan redak
koji će poput igle
pogoditi točku na tvojoj ruci!
(...)
Loči sake i pjevaj
dok ne ostaneš bez glasa,
tada će, same od sebe, doći riječi.“

Bukowski bi se nasmijao na ovu tvrdnju, da nije mrtav. Razmišljao sam malo o tome kako su pisci koji mi nešto znače uglavnom mrtvi. Je li to razlog da se zabrinem?

Tada je počeo padati snijeg praćen grmljavinom. Neko vrijeme sam gledao kovitlanje pahulja ispred prozora, a onda sam zaspao.

Probudio sam se oko podneva. Oblaci su se već bili digli i raspukli, kroz pukotine slijevala se svjetlost. Puhala je bura i stvarala vedrinu. Popeo sam se na Vučjak. Stazom je već bio prošao netko prije mene; sudeći po tragovima u snijegu, jedna od onih mladih lisica što ih već nekoliko dana viđam oko doma. Hodao sam pazeći da ne stanem na njezine tragove. Ima tu mjesta za svačije znakove. Nebo iznad Istre bilo je bistro. Duboko dolje, iznad otoka, putovao je olujni oblak, crni nakovanj nalazio se upravo iznad Osorčice na Cresu. Gledao sam neko vrijeme kako klizi prema jugu i prosipa kišu. Tamo između Hajdučkih i Rožanskih kukova i Velikog Kozjaka provlačili su se raskidani oblaci. Tada mi je pogled pao na Debelu Kosu.

Privlači me još od prošlog rujna, ta travnata protuteža kamenoj glavici Velikog Zavižana. Danas je, čini se, dobar dan za susret s njom. Ljetos sam se umalo popeo gore, prilikom jednog povratka od Rossijeve kolibe, no obeshrabrila me je bila strmina sjeveroistočne padine. Sad mi Ante govori da postoji nemarkiran puteljak kojim su se nekad koristili Podgorci odnoseći sijeno s Debele kose.

Bez problema pronalazim početak staze. Uspon je blag, vodi kroz bukovu šumu. Tlo je prekriveno zrnatim snijegom. Kasnije smreke zamjenjuju bukvu, potom izbijam na travnatu padinu, a uspon postaje sve strmiji. Na hrptu ulazim u vjetar. Snažan, ledeni, istočni vjetar. Isti takav vjetar puhao je ovdje prije tisuću, prije sto tisuća, prije sto milijuna godina, oduvijek. On je star kao planina, i još stariji.

Lani, potkraj rujna, jedne noći nisam mogao zaspati zbog olujnog vjetra koji je nasrtao na zidove doma, zavijao u stablima i škrapama. Zvuk koji je Čuang Ce nazvao zemaljskim orguljama.

„Velika priroda istiskuje svoj dah koji se naziva vjetrom. Sve dok on ne puše, ništa se ne događa. Ali kad zapuše, sve rupe počnu zavijati. Zar nikad nisi čuo te uzdisaje? Pukotine i provalije vrletnih brda, šupljine i duplje prastarih stabala: one su poput nosnica, usta i ušiju, poput potkrovlja, poput vrča i avana, poput udubljenja u kojima se stvaraju bare i jezerca. Vjetar puše iznad njih i stvara šum uzavrele vode, brujećih strelica, vičući, dašćući, dozivajući, jaučući, smijući se, tutnjeći, praskajući. Početak zvuči prodorno, slijede dašćući tonovi. Pri povjetarcu, harmonija je tiha; žestoka oluja ori se moćnim zborom. Kad se potom vjetrovi stišaju, svi otvori ostanu prazni. Zar još nisi vidio kako onda sve blago treperi i previre?“

Kad sam se ujutro, nakon cjelonoćnog košmara izvukao iz vreće, zemaljske orgulje su se i dalje orile svom snagom. To je, dakle, ta bura. Nekako sam mislio da je na vrhovima Velebita nema. Da se tu priprema i kuha, a onda se samo sjuri nizbrdo.

Ante priča kako zna tako puhati, da instrumenti ne mogu zabilježiti njezinu jačinu. Ivan Hapač iz planinarske kuće na Velikom Alanu pričao mi je o snazi tamošnje bure. Kad puše najjače, veli, nema šanse da hodate čistinom i cestom ispred doma. Želite li doći ovamo s primorske strane, morate svakako zaobići čistinu, ući u šumu i doći sa sjeverne strane. Jednom je, veli, gledao kako reful orkanske bure pogađa nekog psa, koji je odnekud neoprezno dokaskao na čistinu. Podigao ga je i tresnuo njime o zemlju petnaestak metara dalje. Pas se podigao, neko vrijeme zbunjeno se okretao uokolo, pokušavajući shvatiti što ga je udarilo, a onda je otkaskao dalje svojim poslom.

Bura oblikuje ona stabla smreke, kao žiletom odrezana, kojima nedostaje polovica okrenuta istoku. Na stijene i na grane smreke nanosi kapi kiše i jutarnju rosu, gdje ih i pretvara u ledene igle, šiljke i sječiva. A mene, evo, dočekuje na hrptu Debele kose, udara me u lice, zavlači mi se u nosnice i uši, tjera mi suze na oči, i prisiljen sam okrenuti joj leđa, potražiti zaklon. Sklonio sam se iza gomile kamenja na vrhu. Sjedim leđima oslonjen na iskošenu, glatku stijenu i jedem krekere. Na sjeveroistoku red planinskih lanaca, red pamučnih oblaka, a iznad njih jasno, metalnoplavo nebo. Tik ispod oblaka vidim obrise Ličke Plješivice. Između Velikog Rajinca i Hajdučkih kukova otvara se Lika, a u pozadini se tamni lanac Južnog Velebita. Tu dolje, ispod mene, uzavreli kamen, stijene i šuma. Prepoznajem zelena udubljenja Smrčevih dolina pokraj kojih prolazi stara staza do Rossijeve kolibe. U pozadini je mirna, ravna ploha mora s tamnim prugama otoka i nebo s bijelim prugama oblaka. Vjetar zviždi iznad moje glave.

Poslijepodne se bura stišala. Tu je na djelu Lao Ceova pouka o prirodnim zakonima.

> „Silovit vjetar ne nadživljava jutra.
> Nalet kiše ne nadživljava dana.
> Takav je tok prirode.

Ledeni šiljci na stijeni ispod Velikog Zavižana djelo su velebitske bure. O njezinoj snazi i surovosti vremenskih prilika svjedoče stabla smreke kojima nedostaje polovica okrenuta prema istoku, odakle na sjevernom Velebitu puše bura. Ona oblikuje i šumu klekovine bukve.

Pa ako sama priroda ne može izdržati dugih napora, čovjek to može još mnogo manje".

Na knjižicu *Tao Te King*, lošeg uveza, u već poprilično lošem stanju, nabasao sam u kasarni JNA u Svilajncu u Srbiji, gdje sam boravio od ljeta 1982. do ljeta 1983. Brojio sam posljednje dane u sivo-maslinastoj uniformi, kad mi je u kasarnskoj knjižnici (gdje sam pio kavu i rakiju s knjižničarom: dobru crnogorsku rakiju s dobrim momkom iz Crne Gore), pod ruku došla ta knjižica. Privukao me je naslov. Zvučao je kao naslov nastavka romana *Čangi Off Gottoff* Alojza Majetića. Kako nije bila zavedena u katalog, niti je bila označena žigom, rekao sam svom drugu da ću je uzeti kao suvenir. Nije imao ništa protiv. I ta se knjižica potom skoro četvrt stoljeća povlačila po policama našeg stana, da bi se, evo, sad našla u mojem ruksaku, kao literatura prije spavanja na Velebitu.

Sjedio sam na terasi doma, pio čaj i prepustio se tišini. Nebo iznad Istre poprimilo je blijedu plavu boju, kao da je osvijetljeno s druge strane. Tanka, mutna indigo pruga zapadne obale Istre. Nekoliko oblačaka na nebu, koji se ne miču s mjesta. To je kraj, pomislio sam. Tako mora izgledati kraj svijeta. Iza toga nema ničega.

Konji i leptiri

Kad god Antu Vukušića upitam kakvo će sutra biti vrijeme – a često ga podbodem tim pitanjem, jer znam da on kao čovjek potpuno uronjen u sadašnjost ne voli proricati i predviđati – lakonski mi odgovori neka se o tome raspitam kod njegovih konja.

Kakve veze imaju konji s meteorologijom otkrio sam krajem svibnja 2007. Tih dana društvo na planini pravio mi je kolega i prijatelj Tomica Bajsić. Hodali smo uokolo, išli do Rossijeve kolibe, penjali se na Veliki Zavižan, razgovarajući o raznim važnim stvarima – o pužu s horizontalno položenom kućicom kojeg smo vidjeli u Modrića docu, o golemoj smreci koja je izrasla iz pukotine stijene, o mušičavoj bukvi uz cestu ispod doma koja se dvaput predomislila (najprije je poput većine stabala rasla uvis, potom ju je neka sila svinula i deblo se uputilo natrag ka zemlji, da bi se na koncu opet ustremilo ka nebu), o tome kako planinari stare škole nose karirane košulje, trifrtaljne samtne hlače i uvijek su spremni na šalu (a čim se popnu na neki vrh, odmah se tu odnekud stvori gitara), odgonetali smo što to nagoni ljude da prave one mogile na planinskim vrhovima... I sve takvim stvarima.

Tog jutra raskidani oblaci provlačili su se Zavižanskom kotlinom. A onda su se u kotlini pojavili konji, stado koje inače slobodno pase na Jezerima. Cijelo prijepodne psi su ih pokušavali vratiti na pašnjak, nasrtali su na njih i lajali, no konji se nisu dali otjerati. Do ranog poslijepodneva mirno su pasli podno sjevernog boka Velike kose, a onda su otišli dolje prema Babrovači i moru.

Uvečer je počeo padati snijeg.

U *Zemlji ljudi* Antoinea de Saint-Exupérya, u pripovijesti *U pustinji*, na jednom mjestu govori se o vjetru koji nakon mjeseci puhanja odjednom stane; u istom trenutku pripovjedač ugleda zelenog leptira i dva noćna leptirića kako udaraju o njegovu svjetiljku. „Ponovno izlazim: vjetar je potpuno prestao. Još uvijek je svježe. Meni je stigla neka obavijest. Pogađam, čini mi se da pogađam ono što očekujem: imam li pravo? Ni nebo ni pijesak nisu mi dali nikakav znak, ali su mi progovorila dva noćna leptirića i jedan zeleni leptir. Penjem se na dinu i sjedam okrenut prema istoku. Ako sam u pravu, onda ‘to’ neće dugo oklijevati. Što bi ti noćni leptiri ovdje tražili, stotinama kilometara udaljeni od oaza u unutrašnjosti? Neznatne krhotine, naplavljene na žal, dokazuju da na pučini bjesni ciklon. Tako mi ti kukci otkrivaju da se približava pješčana oluja: oluja s istoka, koja je opustošila daleke nasade palmi i njihove zelene leptire. Njena me pjena već dotaknula."

Otada, kad god se zateknem na Zavižanu, raspitam se o konjima, gdje su, pasu li na Jezerima ili su se spustili prema moru. Jednim okom, također, pogledam skupljaju li se kumulusi nad Osorčicom, što je, kažu, pouzdana najava dolaska kiše. Još uvijek ne

Do ranog poslijepodneva konji su mirno pasli u zavižanskoj kotlini, a onda su otišli dolje prema Babrovači i moru. Uvečer je počeo padati snijeg.

znam odgonetati znakove leptira, puževa, zmija, srna, palčića, zečeva i ostalih bića koja susrećem na Velebitu. Imaju li nekakav mot kojim odaju promjenu vremena? Jesu li pouzdaniji od gatanja iz kostobolje i prognoza Državnog hidrometeorološkog zavoda? Znam da se čovjek ne može pouzdati u ptice. Njima je svejedno hoće li oblak, snijeg, kiša ili neće, one uvjek pjevaju. Jednom su me čitavim putem od Gromovače do Zavižana, dva sata hoda otprilike, pratili kiša i pjev ptica. Kiša je prestala čim sam prešao prag doma, ali su ptice nastavile pjevati.

Onaj leptir koji je jednom sletio na moju cipelu... bijes kojeg ciklona ga je dopuhao na Rožano? Je li mi on išta želio reći? Ne, nije mi ništa želio reći. Bio je to velebitski crni leptir koji je samo sletio na moju cipelu. Bez ikakvih namjera i primisli. Kao što je onaj zec samo iskrsnuo ispred nas, dok smo moj sin i ja sjedili na stijenama Vučjaka, i nismo se usudili disati sve dok zeko nije odskakutao u grmlje. Kao što je sjena onog orla samo promakla ispred mene kroz travu Baričević doca. Kao što ja samo hodam Velebitom, bez obzira na to gdje bili konji i leptiri.

Kad me kiša uhvati na putu, sklonim se ako imam kamo, ili navučem kišni pončo i nastavim hodati. Oluja me još nije zatekla na otvorenom, no pred njom se sigurno neću skloniti ispod smreke. To skrovito, suhim iglicama prekriveno mjesto činilo mi se vrlo udobnim utočištem pred olujom, sve dok me Mirko Vukušić, nadglednik u NP Sjeverni Velebit, nije upozorio na smreku pogođenu gromom. Ožiljak koji je munja ostavila duljinom cijelog debla natjerao me je da razmislim o alternativnim skloništima.

Bijes kojeg ciklona je dopuhao ovog leptira na mojhu cipelu? Želi li mi on išta reći? Ne, ništa mi ne želi reći. On je samo sletio na moju cipelu.

U jednoj staroj knjizi o visokim planinama pročitao sam da grom gotovo nikad ne udara u bukve.

Naravno.

Niti u koprive.

Pticama je svejedno hoće li oblak, snijeg, kiša ili neće: one uvijek pjevaju. Jednom su me čitavim putem od Gromovače do Zavižana pratili kiša i pjev ptica.

„Iz vrtača, sa grebena među njima i sa razjedenih hrptova jedan neopisiv splet i bogatstvo kamenih oblika, golih, nazubljenih, klizavih, izgrizenih, nakostriješenih klekovinom, iskrivljenih, udubenih, u puzanju zaostalih, isparanih škrapama u obliku orgulja, modernih fasada, vitkih i debelih tornjeva, glava s vratom. Desno zinulo čitavo brdo: izljev jame, koja se odozgo jamačno čini bezdanom sniježnicom, lijevo uska duga pukotina, sprijeda spilja gotskog svoda otvorena na jedan i drugi kraj – kratica iz bezdana u propast.“ (Ante Premužić o Rožanskim kukovima)

Majstor Bezimeni

Kažu da se u svakom umjetničkom djelu krije proračunat obrazac za izazivanje određenog efekta; da su ona zapravo afirmacija egoizma, to jest kontejneri izvještačenosti i kojekakvih potajnih motiva. Kod prirodnih oblika, s druge strane, osjeća se potpuno odsustvo namjera i potajnih motiva. Njihovom tvorcu, Majstoru Bezimenom, sasvim je svejedno što ćemo misliti o njima, i o njemu. On za svoj rad ne traži nikakvu naknadu niti nagradu, njega ne pokreće žudnja za slavom i moći. Valjda nas stoga ti oblici i privlače silnom snagom pred kojom često osjećamo zbunjenost, ne znajući odakle potječe.

Zato je dobar osjećaj biti među kukovima, vapnenačkim stijenama izrezbarenim kišom, ledom i vjetrom. Hodati njihovim podnožjima, sedlima, rubovima, kroz dolce koje opasuju, i preko njih.

Stajati, na primjer, sučelice kukovima na sjevernoj strani Prosenjaka, visoravni iznad Obrovca, pred kojima je početkom prošlog stoljeća stajao dr. Radivoj Simonović, liječnik iz Sombora i majstor fotografije. Simonović je nekoliko desetljeća hodao po Velebitu, „većinom po leđima i po rebrima njegovima“, i neumorno fotografirao. „Potrošio sam više hiljada“, piše u serijalu „Velebit – najljepša hrvatska planina“ objavljenom 1914. u Hrvatskom planinaru, „namučio sam se hodeći po škrapama, kisnuo sam i zebao, pržio se na suncu i znojio, gladovao i žeđao, pa sam ipak svake godine najmanje 10-20 dana putovao po Velebitu. Trudio sam se, da ga svega pređem i da za uspomenu na moje putovanje što više lijepih slika sa Velebita ponesem, pa da načinim sebi album kakvog nitko nema! Prvih godina sam tražio motive po šumama i na pašnjacima po vrhovima, a poslije sam većinom slikao gole stijene.“

I Ante Premužić, inženjer, planinar i projektant staze koja od livade Dešinovac do Baških Oštarija vijuga vršnim dijelovima Velebita, cijenio je slične prizore. U Rožanskim kukovima boravio je 1929., a evo što je o njima napisao u Hrvatskom planinaru iz 1930.

„Iz vrtača, sa grebena među njima i s razjedenih hrptova jedan neopisiv splet i bogatstvo kamenih oblika, golih, nazubljenih, klizavih, izgrizenih, nakostriješenih klekovinom, iskrivljenih, udubenih, u puzanju zaostalih, isparanih škrapama u obliku orgulja, modernih fasada, vitkih i debelih tornjeva, glava s vratom itd. Desno zinulo čitavo brdo: izljev jame, koja se odozgo jamačno čini bezdanom sniježnicom, lijevo uska duga pukotina, sprijeda spilja gotskog svoda otvorena na jedan i drugi kraj – kratica iz bezdana u propast. Nad njom greben kao most od tornja kuli. Među mnoštvom jama i propasti ispeli se kukovi sunovrati i litice lomivrati i slazovi deriguzi (i moj drug je svako veče hlače krpao!) kao usprkos razornoj moći leda i snijega, kiša i vjetrova, sunca i gromova. S jednog se kraja Varnjača, a s drugog Crikvena podbočile u dna vrtače na sve strane stopedesetmetarskim glatkim kamenim pilonima kao od čelika, viju glave oholo iznad 1600 m i ne haju za lavež podzemnih ždrijela, što se kese na njih sa sviju strana! Dok smo, nek smo!...

Vrt kukova, vrt grebena, vrt šiljaka, tornjeva i obeliska, vrt točila, terasica i strmaca, vrt vrtača, jama, ponora, propasti i bezdana. Igralište, pokušalište i tvornica krških neizmjernih snaga. Orijaško stvaranje i razaranje oblika."

Vrativši se s jedne ture po Rožanskim kukovima, na terasi doma Zavižan zatekao sam Antu Vukušića u razgovoru s geologinjom Nacionalnog parka. Još pod snažnim dojmom uzburkane i uzavrele kamene materije kroz koju sam prošao, rekao sam kako bih mnogo dao da sam mogao vidjeti kako nastaju Rožanski kukovi. Geologinja me pogledala i ne skrivajući ironiju rekla: „Zakasnili ste nekoliko desetaka milijuna godina."

Tada toga nisam bio svjestan, a danas osjećam da u svijetu bez početka i kraja, u kojem se sve neprestance rađa, raste, mijenja i nestaje, ni Rožanski niti bilo koji drugi kukovi nisu nastali u prošlosti, prije šezdeset ili koliko god hoćete milijuna godina, već da nastaju sad, u trenutku u kojima ih gledam. Geološke promjene, isto kao ljudska rađanja i smrti, ili nastajanje i nestajanje oblaka, konstantni su procesi; planine i stijene, kao i ljudi i oblaci, mijenjaju se iz trenutka u trenutak. Rožanski kukovi koje je gledao Premužić, i ovi koje ja gledam, nisu jedni te isti kukovi.

Kad smo već kod toga, što bih sve također dao da sam mogao vidjeti kako puca stjenovita membrana između Iberskog poluotoka i Afrike i kako ocean provaljuje u bazen koji će kasnije biti nazvan Mediteran. Kakav je tek to prizor bio, a nitko ga nije gledao. Toliko se stvari na planetu događalo bez prisustva čovjeka, i toliko će ih se još događati! Što me podsjeća na pitanje o zvuku lomljenja grane: Praska li grana lomeći se, ukoliko nema nikoga tko će to čuti?

Thoreau se rugao velebnim kamenim građevinama koje su za sobom ostavili stari narodi. Velebnost Tebe nazvao je prostačkom, ističući da kamenje više voli vidjeti tamo gdje mu je i mjesto, u prirodi. „Razumniji je koji metar kamenog zida koji ograđuje polje čestitog čovjeka nego jedna Teba od stotinu vrata koja se udaljila od istinskog cilja života." Ništa bolje nije mislio ni o egipatskim piramidama, u kojima nema „ničeg toliko čudesnog koliko činjenica da je bilo moguće pronaći toliko ljudi dovoljno srozanih da život provedu gradeći grobnicu za nekakvog ambicioznog budalaša, a bilo bi mudrije i muževnije da su ga udavili u Nilu pa zatim dali njegovo tijelo psima". Volio bih znati, kaže na kraju, tko u to doba nije gradio – tko je bio iznad takvih tričarija?

Japodi, na primjer.
Oni su bili iznad takvih tričarija.

Bili su tu neko vrijeme, u kraju omeđenom Unom, Kupom i Velebitom, i onda su otišli, ne ostavljajući za sobom previše tragova. Nisu pretjerano voljeli odvaljivati stijene i klesati kamen, u svakom slučaju ni u peti im nisu bile stvari poput piramida, Tebe, Pergamonskog žrtvenika ili išta slično.

Naselja su podizali na uzvišenjima, birajući ona s prirodnim zaravnima. Kuće su gradili od drveta i kamena, uglavnom neobrađenog, tehnikom suhozida, kojom su gradili i bedeme oko naselja. Obrađivali su zemlju, bavili su se stočarstvom, kopali su rude i kovali metal, bili su miroljubivi ljudi, no imali su tu nesreću da su

H. D. Thoreau: „Razumniji je koji metar kamenog zida koji ograđuje polje čestitog čovjeka nego jedna Teba od stotinu vrata koja se udaljila od istinskog cilja života." (Suhozidi na Mirevu, srednji Velebit)

Zahvaljujući dobrom običaju Japoda da ostavljaju stijene na miru – a ni Slaveni nisu pokazali neko pretjerano zanimanje za klesarstvo – do današnjih dana sačuvani su velebitski kukovi. (Prosenjak na jugoistočnom Velebitu i Rožanski kukovi na sjevernom Velebitu)

se našli na putu rimskim hordama u njihovu pohodu na Panoniju i srednju Europu (a bacili su oko i na njihove rudnike). Stoga su Rimljani, inače ljubitelji poezije, filozofije, kiparstva i arhitekture, odlučili pokoriti Japode, razoriti njihova naselja. A budući da su Japodi bili baš necivilizirani, pa osim što nisu imali profinjene pjesnike i filozofe, ni kipare koji su klesali statue vladara, kurvi, pjesnika i filozofa, niti su gradili forume, hramove, mauzoleje, slavoluke, koloseume i tako dalje, kako su, dakle, bili toliki divljaci da nisu imali čak ni vlastito pismo, to su Rimljani sami morali ostaviti pismeni dokument o tome kako su razorili japodsku prijestolnicu Metulum, te kako su tom prigodom u vijećnicu zatvorili žene i djecu, i onda je lijepo zapalili (taj običaj tretiranja civila, zanimljivo,

Tvorcu ovih reljefa u Čepurašima na sjevernom Velebitu, Majstoru Bezimenom,

održao se sve do modernog doba – do Alžira, Vijetnama, Srebrenice, Čečenije i Gaze).

Japodi, dakle, nisu za sobom ostavili mnogo. Možda zato što su poput starih Kineza znali da je jedino vrijedno života – život sam. Da je pismo samo gruba skica stvarnosti, a da je građenje golemih kamenih zdanja stvar zabludjelih, nedoraslih i nezrelih ljudi, o čemu je u *Dijalozima* govorio jedan drukčiji Rimljanin, Lucije Anej Seneka.

I tako su, vjerujem, zahvaljujući dobrom običaju Japoda da ostavljaju stijene na miru – a ni kasniji stanovnici tog kraja, Slaveni, nisu pokazali neko pretjerano zanimanje za klesarstvo – do

sasvim je svejedno što ćemo misliti o njegovu djelu, i o njemu.

Osjećam više poštovanja i divljenja stojeći sučelice stijenama na Velebitu nego sťojeći sučelice Pergamonskom žrtveniku i golemim grčkim stupovima u Pergamonskom muzeju u Berlinu. (Bojinac na južnom Velebitu)

današnjih dana sačuvane velebitske stijene. Na Zemlji je ugljik uglavnom vezan u karbonatnim stijenama, i kad bi se on oslobodio i ispustio u atmosferu kao ugljikov dioksid bilo bi ovdje gusto i hladno kao na Veneri. No to što su stijene zapravo samo kontejneri ugljika uopće ne umanjuje njihovu ljepotu. (Kao da je čovjek, uostalom, prema riječima Lynn Margulis i Dorion Sagan, išta više od hodajuće skupine bakterija, pa „svijet titra kao pointilistički krajolik kojeg tvore sitna živa bića".)

U svakom slučaju, osjećam više poštovanja i divljenja stojeći sučelice stijenama na Velebitu nego stojeći sučelice Pergamonskom žrtveniku i svim onim golemim grčkim stupovima u Pergamonskom muzeju u Berlinu, na primjer.

U taj muzej ušao sam iznimno. Inače zaobilazim takva mjesta. Ono što je u njima izloženo, nije ništa drugo negoli plijen bezočne pljačke. Zato nikad nisam ušao u British Museum, niti bih ikad kročio u Louvre. Prije nego što uđem u neki muzej, uvijek se dobro obavijestim o onome što je unutra izloženo. Tim stvarima mjesto je na originalnim lokacijama, ili barem u muzejima država iz kojih potječu. British Museum, Louvre, Pergamonski muzej... skladišta su, velim, opljačkanih umjetnina, spomenici bezobzirne, bahate kolonijalne svijesti, koja je još prisutna u tobožnjim velikim kulturama.

Premda, stojeći onaj dan u berlinskom muzeju pred Ištarinim vratima od modre opeke ukrašenim zlatnim zmajevima i bikovima, osjetio sam nešto slično onome što osjetim stojeći sučelice kamenim statuama Majstora Bezimenog na Velebitu. Osjetio sam poštovanje prema bezimenim zidarima koji su 575. godine prije

Krista po nalogu Nabukodonosora II. zidali ovaj sjeverni ulaz u Babilon. Za razliku od grčkih stupova i Pergamonskog žrtvenika u onim dvoranama tamo, mislio sam, za potrebe gradnje ovih vrata nije uništena niti jedna stijena. Ona su sačinjena od zemlje, vode, vatre i ljudskog truda. Osim toga, dobro je da se nalaze u Berlinu. Da su se kojim slučajem nalazila tamo gdje im je i mjesto, osamdesetak kilometara južno od Bagdada, doživjela bi sudbinu svoje replike.

U pljačkaškom pohodu na Irak 2003., naime, američki trogloditi u kamuflažnim uniformama, mrveći gusjenicama i kotačima 2600 godina star pločnik od opeke, na zaštićenim ostacima drevnog Babilona izgradili su parkiralište za teška vojna vozila i heliodrom, a s Ištarinih vrata otrgnuli su i odnijeli osam reljefa zmajeva.

Dobro im ide i bez kiše. (Dno lokve u dolini ispod Klekovca na jugoistočnom Velebitu)

Voda

Tek kad nakon dugoga i napornog pješačenja krševitim, bezvodnim krajem naiđem na izvor skriven među stijenama, kad rukama zagrabim bistru vodu i prinesem je ustima, tek tada počnem shvaćati koliko je to dragocjena i čudesna tvar. Razumljivo; sigurno neću o tome razmišljati stojeći doma nad umivaonikom, gledajući mlaz vode iz slavine. No čim se maknem izvan dosega slavine i vodovodne mreže, prvo povedem računa o vodi. Tek potom razmišljam o hrani i prenoćištu.

Voda se na Velebitu oduvijek vrlo cijenila. Premda su posvuda uokolo prisutni tragovi vode i leda, u žlijebovima i oštricama škrapa, u sipinama i točilima, vode tu nema u izobilju. Vrhovno božanstvo Japoda koji su živjeli na tom području bio je Bindus (Vodenbog), a štovali su i Thanu, božicu izvora. „Pisani kamen“, latinski natpis uklesan u stijenu kod izvora u Legencu na ličkoj strani srednjeg

Velebita, upućuje na napetosti između dva, inače miroljubiva, japodska plemena u vezi s korištenjem vode:

EX CONVENTIONE FINIS
INTER ORTOPLINOS ET PARE
NTINOS ADITUS AD AQUAM
VIVAM ORTOPLINIS PASUS
D LATUS

(Dogovorom o granicama između Ortoplina i Parentina, pristup živoj vodi Ortoplinima je dopušten u širini od 500 koraka).

Sljedeća dva tisućljeća sa žeđi su se suočavali svi velebitski stočari, posebno oni koji su ljeti napasali stada u nadgorju i vrhgorju. Mreže prastarih stočarskih staza i puteljaka, još uvijek vidljivih, spajale su krška polja, gorske livade i doce s rijetkim izvorima, lokvama, kamenicama, bunarima. Putopisi s Velebita sve tamo do sedamdesetih godina prošlog stoljeća redom spominju pastire, njihove običaje, stanove, stada, njihov napor da se održe u bezvodnom kraju. Potom je stočarstvo izumrlo, pastiri su napustili planinu, otišli u gradove u potrazi za poslom. Danas se sa žeđi na Velebitu susreću samo planinari.

Hodajući u proljeće 2009. Premužićevom stazom od Oštarija na sjever, izlazeći iz šume na Dabarsku kosu, ušao sam ravno u jedan putopis Šime Balena. Dolje u Dubokom (Balen to polje naziva Dumboka!) prekrivenom svježom travom ugledao sam stado ovaca, a rubom polja pomicala se tamna točkica pastira. Sličnu scenu s istog mjesta gledali su Dane Vukušić i Šime Balen za pohoda srednjim Velebitom 1984., a potonji ju je opisao u knjizi *Velebit se nadvio nad more....*

Prolazeći cestom iznad opustjelih i zapuštenih Došen Dabra i Ravnog Dabra izbili su bili na Dabarsku kosu. „Pogled na Dumboku nas je razveselio, jer vidimo da se koliko-toliko još drži. Zaključujemo to po obrađenim krumpirištima i zeljištima, koja se i odavde vide. A onda, u potvrdu naših zaključaka, iz jednog gaja iziđe stado ovaca. Kako smo mu se obradovali! Kao da je naše, a tko zna čije je! Ali to nije važno. Važno je da je stado tu, jer ono na

Ljudi su davno otišli iz doline, ali u bunarima još ima vode, a suhozidi odolijevaju vremenu. (Mirevo, srednji Velebit)

Velebitu znači život."

Kojih petnaest minuta od Dabarske kose, na stjenovitoj ploči ispod Visibabe, tik iznad staze, nalazi se Kapljuv. Samo njegovo ime kazuje o kakvoj pojavi je riječ i kojim se intenzitetom u okruglom udubljenju (koje je oblikovala i ljudska ruka), pronalazeći pukotine u stijeni, skuplja kišnica. U sićušnom bazenu, promjera nekih 30 centimetara, izbrojao sam tom zgodom više od pedeset vodenjaka.

Moj stari znanac, fotograf i dobar poznavatelj Velebita Darko Vukov Colić tvrdi da je to dobar znak, da je voda u kojoj žive vodenjaci dobra za piće. Kapljuv za piće preporučuje i Dane Vukušić. U putopisu objavljenom u knjizi *Očarani planinom* on piše kako je za spomenutog pohoda sa Šimom Balenom pio iz te kamenice, a da je voda po okusu dobra i bez mirisa.

No, bez obzira na preporuku autoriteta kakav je Dane Vukušić, nisam pio iz Kapljuva. Osim što sam u ruksaku imao čuturu s vodom, nisam bio siguran vrijedi li poučak o vodenjacima i pitkoj vodi i za sićušnu nakapnicu s pedeset vodenjaka.

Dašak starih, pastirskih vremena, o kojima su iz prve ruke govorili Hirtz, Simonović i Josip Poljak, a s nostalgijom ih se sjećali Ante Rukavina, Vukušić i Balen, mogao sam osjetiti jednog ranosvibanjskog dana na jugoistočnom Velebitu. Hodali smo bijelom cestom od zaseoka Pećica iznad ceste Gračac–Obrovac, preko Ploča pa uz Stranu Ražovac prema Prosenjaku, Colić i ja. Nismo baš izabrali pravo vrijeme za hodanje, bilo je vruće i sparno, no, tješio sam se, Simonović i društvo hodali su ovim krajem usred ljeta, u srpnju, u daleko težim uvjetima. Nešto iza podneva stigli smo na Prosenjak, visoravan prekrivenu gustom, irski zelenom travom, okruženu strmim, stjenovitim padinama obraslima grabom. Sklonili smo se u hladovinu na južnoj strani visoravni; nijemo sam promatrao tu zelenu mrlju usred velebitskog krša. Na suprotnoj strani među gustim krošanjama nazirao se crveni krov pastirskog stana. Odatle se čuo i lavež, sve učestaliji i glasniji, a onda su se između grmova pojavila dva golema ovčarska psa i ne oklijevajući potrčala prema nama.

Pustili su pse da nas vide, i da prestanu lajati, protumačio je situaciju Colić.

No psi se nisu smirili ni nakon što su nas vidjeli, i dalje su lajući trčali ravno na nas. Ustao sam i dograbio svoj planinarski štap s okovanim vrškom, koji je prije nekoliko godina, na visoravni ispod Cincara, bio dovoljan da odvrati šarplaninca koji je bio pošao na mene, pa će valjda poslužiti i u ovoj situaciji. Nekako u istom trenutku iz šumarka je izašao neki muškarac i pozvao pse, a oni su se, poput zečeva s lošim baterijama iz jedne reklame, srušili u sjenu grmova, i ugasili se. Izišao sam iz sjene drveta i krenuo ususret muškarcu. Ugledao me je i krenuo prema meni.

Petar Dragićević jedan je od rijetkih čuvara tradicije izgona stada na Velebit. Nakon što nas je odmjerio i procijenio, poziva nas u svoj stan na rakiju i kavu. Njegovi psi i dalje nezainteresirano leže u hladovini. Ne sliče šarplanincima, kako sam ih isprva ocijenio, i pitam ga koje su pasmine. Veli da su to karabashi, anadolski ovčari. Gledam ih, imaju ogromne glave i snažne čeljusti, sumnjam da bi ih moj štap odvratio od napada.

U Petrovom stanu doživljavam gostoprimstvo i ljubaznost gorštaka o kojima sam čitao u starim putpisima. Pričamo o svačemu pomalo, o plinskom kuhalu s kojim ima problema (Colić ga je odmah popravio), o vukovima (Petar tvrdi da vuk može ugrabiti jednu ovcu, pa i dvije, ali nema šanse da ugrabi više od dvije ovce, a dogodi li se ipak to, onda to znači da pastir nije bio sa stadom, dakle da nije radio svoj posao), o tome kako je zima ove godine bila kratka, pa je izišao ranije na Prosenjak... Kaže da smo u svako doba dobrodošli, možemo tu i prespavati, ostati koliko želimo...

Kasnije odlazimo zajedno do Čučavca, stijene koja tko zna otkad prkosi statici, a oko koje je zajedničkim radom prirode i čovjeka nastao terasast sistem kamenica. Čovjek je uklonio zemlju iz udubljenja među stijenama, poravnao i dozidao rubove, zakrpao dna, povezao ih crijevima za vodu, i pričekao kišu. Kiše su stvorile jezerca, koja su utažila žeđ tolikih pastira i njihovih stada.

Smiljanića bunar na sjevernoj strani valovitog polja Vučjak izvor je s povijesnim pedigreom. Nosi ime narodnog junaka Ilije Smiljanića, vojnog zapovjednika s nemirne i surove tromeđe Austro-Ugarske Monarhije, Otomanskog Carstva i Mletačke Republike, koji je 5. rujna 1654. poginuo u jednom okršaju s Turcima, upravo tu, na Vučjaku. Ante Rukavina je 1975., uz pomoć stanovnice obližnjeg zaseoka Milke Tojagić, koja se sjećala ekshumacije Smiljanićevih posmrtnih ostataka iz 1925., pronašao mjesto na kojem se nalazio grob i obilježio ga natpisom na kamenu.

Tridesetčetiri godine poslije potražio sam kamen težak tisuću kilograma s natpisom. Slijedeći Rukavinine upute išao sam cestom stopedeset metara od bunara u smjeru Vučipolja, a potom pedeset metara desno uz sjeverozapadnu padinu Tremzine. Nisam pronašao ni kamen ni natpis. Zaselak Tojagići je mrtav, nisam mogao nikoga upitati sjeća li se starice koja se sjećala mjesta na kojem se nalazio grob velikog ratnika iz davnine. Na Vučjaku više nema nikoga tko bi se mogao sjećati priča o Smiljaniću i njegovu grobu, tko će čuvati uspomenu na njega. Tu je obzidani izvor, obrastao algama. Tu je i žaba koja je bućnula u vodu i skrila se u alge.

Izdašni izvori poput ovog Smiljanićevog, koji obzidani bunar promjera dva metra, dubine metar, puni stalnom svježom vodom, i kamenice velike poput onih na Prosenjaku, iz kojih mogu piti i ljudi i životinje, rijetkost su na Velebitu. Mnogo češći su izvori poput Kapljice na Jezerima, ili Piskavca na Bojincu, škrti i nepouzdani. Ili slabi izvori skriveni u škrapama, pokraj kojih možete proći na korak, a da ih ne primijetite, poput onog na rubu dolca zapadno od Samograda na jugoistočnom Velebitu. Vidio sam na karti tu modru točkicu, i odlučio je pronaći. Desetak minuta sam se motao po stjenovitoj strmini dolca, zavirivao u svaku škrapu, i već sam namjeravao odustati, kad sam stojeći na rubu škrape kraj koje sam već nekoliko puta bio prošao ugledao paukovu mrežu razapetu u ovalnom udubljenju. Pletač se sklonio u sjenu i strpljivo čekao plijen. Ispod mreže ljeskala se površina vode.

Ipak, ima jedan moćan izvor na Velebitu, na Štirovači. Tri cijevi iz kojih danomice šiklja živa, bistra, ledena voda. Tamo osjećate

Bunar na krškom polju Vučjak nosi ime Ilije Smiljanića, velikog ratnika s nemirne i surove tromeđe Austro-Ugarske Monarhije, Otomanskog Carstva i Mletačke Republike. Danas na njemu žeđ gase životinje i rijetki planinari.

Zajedničkim radom prirode i čovjeka nastao je terasast sistem kamenica. Čovjek je uklonio zemlju iz udubljenja među stijenama, poravnao i dozidao rubove, zakrpao dna, povezao ih crijevima za vodu, i pričekao kišu. (Čučavac na jugoistočnom Velebitu)

zbunjenost, začuđenost pred rasipnošću prirode, poput onih saharskih Maura iz romana *Zemlja ljudi* Antoinea de Saint-Exupérya pred vodopadom u Savoji, koji su nijemo zurili u obilje vode, oglušujući se na pozive vođe da pođu dalje.

Šutjeli su; stajali su, zanijemjeli, ozbiljni, kao usred odvijanja kakvog svečanog misterija. Ono, što je tako teklo iz utrobe planine, bio je život, bila je sama krv ljudi. Ono što je ovdje proteklo u jednoj sekundi, oživjelo bi čitave karavane koje su, pijane od žeđi, uranjale zauvijek u beskonačnost slanih jezera i priviđenja. Ovdje se očitovao sam Bog: nisu mu se mogla okrenuti leđa. Bog je otvorio svoje brane, i pokazivao svoju moć: trojica su Maura ostali nepomični.
– Što još gledate? Idemo...
– Treba čekati.
– Čekati što?
– Kraj.
Htjeli su čekati trenutak, kada će se Bog zasititi svoje ludosti. On se brzo pokaje, on je škrt.
– Ali, ta voda teče tako već tisuću godina!

Jednom sam prilikom na Zavižanu razgovarao s nekim Švicarcem. Bio je došao izviditi teren i pripremiti smještaj za veću grupu planinara. U kasno popodne sjedili smo na terasi doma i razgovarali o svačemu pomalo. Tako me je u jednom trenutku upitao znadem li da se svaki Slovenac barem jednom u životu popne na Triglav. Razmislio sam o onome što je rekao, a onda odgovorio da ne

Postoje planina i čovjek i njihovi odrazi u vodi. (Starac bunar ispod Zagaljena na jugoistočnom Velebitu)

znam ništa o tome, ali zato sasvim pouzdano znam da se svaki Hrvat barem jednom u životu naglavačke baci s istočne stijene Velikog Kozjaka, mahnuo sam rukom prema kamenoj kruni što se izdizala tamo iznad Hajdučkih kukova i Lubenovačkih vrata. Mislim da mi nije povjerovao. Zatim me je upitao zašto se hrvatski planinarski vodiči temelje na planinarskim skloništima, a ne, poput švicarskih, na planinskim vrhovima. Odgovorio sam mu da ne znam zašto je tomu tako.

Tada nisam razmišljao o tome, no danas znam da se moj planinarski vodič ne bi temeljio ni na vrhovima niti na skloništima, već na izvorima i bunarima.

Mapa stvarnosti

(nedovršivo)

postoji pedeset vodenjaka u kamenici na Velebitu
postoje atomi vodika i helija
postoji spomenik palom anđelu u parku Retiro
postoji zvuk saksofona Sonnya Rollinsa
postoji dubok ponor
i ptica koja se sunovraćuje u njega
postoji vjetar
postoje anarhistički bedževi na buvljaku Waterlooplain
postoje planina i čovjek i njihovi odrazi u vodi
postoje kamen kršnik drvotoča i meteorska prašina
postoji golema skulptura pauka na obali Ria de Bilbao
postoje kapi kiše na paukovoj mreži
postoji rascvjetali grm trnine
postoji križ u plićaku Starnbergersee
postoje Einsteinove jednadžbe polja

postoji izvor skriven u stijeni
postoje oblaci u staklima i iznad njih
postoji šuma osušenih smreka
postoji džuboks u Spanish baru u Oxford Streetu
i singlica s pjesmom My Way u izvedbi Sex Pistolsa u njemu
postoji crvena cesta uokvirena travom boje okera
postoje ostaci starog zida u Friedrichshainu
postoji carić u šumi ispod Vratarskog kuka
postoji ideja jednakosti i bratstva
postoji bumbar na cvijetu planinskog kotrljana
i nebrojeno mnogo drugih stvari postoji.

i tko si može uzeti to pravo poredati ih po važnosti
odrediti im vrijednost?

Kamenica s pedeset vodenjaka ispod
Visibabe na srednjem Velebitu

Louise Bourgeois, *Mama*
Muzej Guggenheim u Bilb

Laban Centre u Greenwichu

i kiše na paukovoj mreži
sova doma u Velikoj Paklenici

Veliko Rujno na južnom Velebitu

Šuma osušenih smreka
na sjevernom Velebitu

Bilježnica

Literatura za hodače

(nasumični izbor)

LAKŠE KNJIGE – ZA RUKSAK

Halil Džubran, Prorok

Antoine de Saint-Exupéry, Zemlja ljudi

Annie Le Brun, Sasvim blizu, nomadi

Ante Rukavina, Velebitskim stazama

Ikkyû Sôjun, Gedichte von der Verrückten Wolke

Charles Bukowski, Burning in Water, Drowning in Flame

Kakuzo Okakura, Knjiga o čaju

Tomica Bajsić, Južni križ

Ernesto Sabato, Otpor

Lucije Anej Seneka, Dijalozi

Lao Tse, Tao Te King

Jean Giono, Čovjek koji je sadio drveće

T. S. Eliot, The Waste Land

Kodo Sawaki, Zen ist die größte Lüge aller Zeiten

Dschuang Dsi, Das wahre Buch vom südlichen Blütenland
Dôgen Zenji, Shôbôgenzô
Charles Bukowski, Love Is a Dog from Hell
Boris Maruna, Upute za pakleni stroj
Fritjof Capra, Mreža života
Michel de Montaigne, Eseji
Stephen Hawking, Kratka povijest vremena
Phillip Ball, Biografija vode
Ian Stewart, Kocka li se Bog?
Brian Greene, Tkivo svemira
Henry D. Thoreau, Walden, or Life in the Woods
Aldous Huxley, The Perennial Philosophy

O piscu

Snimio Sven Popović

Edo Popović rođen je 1957. u Livnu, u Bosni i Hercegovini. Godine 1968. s obitelji se preselio u Zagreb, gdje živi i danas. Studirao je na Filozofskom fakultetu u Zagrebu; 1981. diplomirao je komparativnu književnost, apsolvirao hrvatski jezik i jugoslavenske književnosti, a potom je napustio studij.

Prvu prozu, kratku priču *Kataton blues*, objavio je 1978. u studentskom magazinu Komparatist. Osamdesetih je radio kao novinar i urednik u Poletu i Quorumu, kao radnik u pilani i u niskogradnji u Njemačkoj, te kao turistički vodič u Grčkoj i Španjolskoj. Godine 1987. objavljuje prvu knjigu – zbirku priča *Ponoćni boogie*. Od 1991. do 1997. pisao je za Vjesnik, Slobodni tjednik, Globus, Danas/Obzor. Autor je brojnih reportaža s hrvatskih i bosanskohercegovačkih ratišta. U operaciji Oluja sudjelovao je kao pješak HV-a. Danas živi povučeno, između Zagreba i Velebita. Slobodni je pisac i honorarni urednik u izdavačkoj kući „Ljevak".

Objavio knjige proza: Oči (2007.), Tetovirane priče (2006. – u suradnji s crtačem Igorom Hofbauerom), Igrači (2006.), Dečko, dama, kreten, drot (2005.), Plesačica iz Blue Bara (2004.), Izlaz Zagreb jug (2003.), Koncert za tequilu i apaurin (2002.), Kameni pas (2001.), San žutih zmija (2000.), Ponoćni boogie (1987.).

Proze su mu objavljene u nizu zbornika i antologija: Krhotine vremena, Osijek, 1988., Uhvati ritam, Novi Sad, 1990., Poštari lakog sna, Zagreb, 1996., FAK-YU, Beograd, 2001., Libido.hr, Zagreb, 2002., Goli grad, Zagreb, 2003., Croatian Nights, London, 2005. itd.

Djela su mu prevedena na njemački, mađarski, engleski i slovenski jezik. Njemačka kritika i publika s posebnom su naklonošću prihvatile njegove romane *Izlaz Zagreb jug* i *Oči*, te trilogiju *Igrači*.

Za svoja djela nije nagrađivan.

Zahvaljujem gospodinu Anti Vukušiću i njegovoj obitelji koji me godinama prijateljski dočekuju na Zavižanu, i kojima, izgleda, još nisam dosadio. Slušajući ih, naučio sam mnogo o planini. Uživam u svakoj minuti razgovora s njima.

Sadržaj

Edo Popović
PRIRUČNIK ZA HODAČE

IZDAVAČ
Naklada LJEVAK, d.o.o.

ZA IZDAVAČA
Petra Ljevak

LEKTURA
Branka Savić

FOTOGRAFIJA NA NASLOVNICI
Sven Popović

DIZAJN NASLOVNICE
Olga Grlić

DIZAJN I PRIJELOM
Ana Pojatina

ISBN 978-953-303-085-2 (meki uvez)

CIP zapis dostupan u računalnom
katalogu Nacionalne i sveučilišne
knjižnice u Zagrebu pod brojem 707486

ISBN 978-953-303-084-5 (tvrdi uvez)

CIP zapis dostupan u računalnom
katalogu Nacionalne i sveučilišne
knjižnice u Zagrebu pod brojem 707489

TISAK
Feroproms

Knjiga je objavljena uz potporu Ministarstva kulture Republike Hrvatske.